मसाला चाय
(कहानी-संग्रह)

मसाला चाय

दिव्य प्रकाश दुबे

हिन्द युग्म

ISBN: 978-93-81394-82-3

प्रकाशक :
हिंद युग्म
सी-31, सेक्टर-20, नोएडा (उ.प्र.)-201301
फ़ोन- +91-120-4374046

मुद्रक : थॉमसन प्रेस
आवरण : गरिमा शुक्ला
कला-निर्देशन : विजेन्द्र एस विज

पहला संस्करण : मार्च 2014
सत्रहवाँ संस्करण : फ़रवरी 2026
मूल्य : ₹199

Masala Chay
(A collection of short stories by Divya Prakash Dubey)

Published By
Hind Yugm
C-31, Sector-20, Noida (UP)-201301
Phone- +91-120-4374046
Email- sampadak@hindyugm.com
Website- www.hindyugm.com

First Edition: Mar 2014
Seventeenth Edition: Feb 2026
Price: ₹199

उन सभी दोस्तों के लिए
जिन्होंने एक भी अच्छी चीज नहीं सिखाई
सिवाय दोस्ती के...

यूँ ही

हमारे पहले कदम से लेकर आखिरी कदम तक तय की गई दूरी की लंबाई जिंदगी के बराबर होती है। इसीलिए शायद जिंदगी हमें भटकाती है ताकि हम अपने हिस्से भर की जिंदगी चल पाएँ। ये कहानियाँ भटककर संभलने और संभलकर दुबारा भटकने के दौरान तय की गई दूरियाँ भर हैं।

न मुझे ऐसी कोई उम्मीद है न ही मुझे कोई ऐसा सपना आता है कि इन कहानियों से दुनिया बदल जाएगी। हाँ, इन्हें लिखने के दौरान मेरे अंदर कुछ बदल गया और वो बदला हुआ-सा कुछ पढ़ने के दौरान आप भी महसूस कर पाएँ तो ये कहानियाँ लिखना सफल हो जाएगा।

ये कहानियाँ बस इसलिए लिखी गईं क्योंकि मुझे ये बातें बतानी थीं, यूँ ही शाम को चाय पर बैठकर दोस्तों से जैसे कोई बात करता हो, वैसे ही। रोज

वही-वही बातें होती हों और फिर भी रोज बातें नयी हो जाती हों, वैसे ही।

चाय भी एक तरह सोशल नेटवर्क ही तो है जिससे बहुत सारे ऐसे रिश्ते जुड़ते हैं जिनको हम दोस्ती-यारी बोल देते हैं। ये बहुत सारे रिश्ते हम बड़ी आसानी से ऐसे ही बना लेते हैं कि 'ठीक है, फिर चाय पे मिलते हैं कभी' या 'चाय पीते हुए बात करते हैं'। जोड़ती हमें बातें ही हैं लेकिन चाय वो जुड़ने का 'माहौल' तैयार कर देती है। इसी उम्मीद के साथ 'मसाला चाय' को लिखा है कि ये आपको अपने-आप से, अपने बीते हुए कल से कुछ देर के लिए ही सही जोड़ने का 'माहौल' तैयार कर पाए।

बाकी तो जो लिखना था और जिस भी बारे में बात करनी थी, सब कहानियों में लिख दिया है। किताब अच्छी-बुरी जैसी भी लगे जरूर बताइएगा।

सादर,

दिव्य प्रकाश दुबे
11 मार्च 2014, मुम्बई
dpd111@gmail.com

कहानी-क्रम

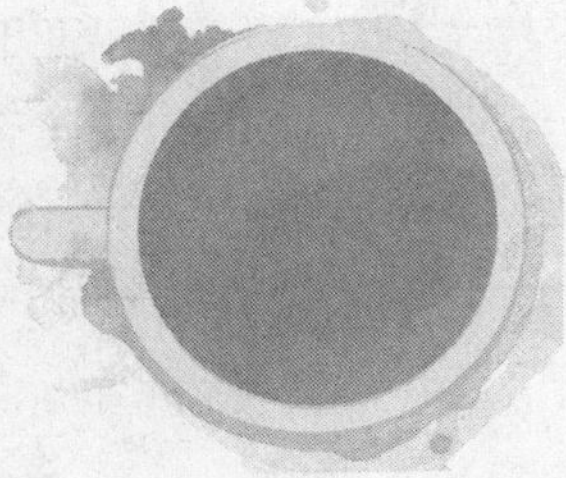

विद्या कसम

"नहीं ली मैंने बॉल।" आर्यन ने चिल्ला के कहा।

"तुम ने ही ली है।" पवन ने आर्यन की शर्ट खींचते हुए कहा।

"अरे, नहीं ली मैंने बॉल।"

"नहीं ली, तो खाओ विद्या कसम?"

"विद्या कसम नहीं ली।" आर्यन ने confirm किया।

"पूरा बोलो। बोलो विद्या कसम मैंने तुम्हारी नीले रंग वाली बॉल नहीं चुराई।"

"विद्या कसम! मैंने तुम्हारी नीले रंग वाली बॉल नहीं चुराई। अब

खुश?'' आर्यन ने दुबारा दाँत पीसकर कहा।

''फिर तुम दिन में मेरे बैग के पास क्या कर रहे थे?''

''मैं गया ही नहीं तुम्हारे बैग के पास। अब जाने दो मुझे और शर्ट छोड़ो पहले।'' आर्यन ने थोड़ा हड़का के कहा।

''ठीक है, पता है ना झूठी विद्या कसम खाने से क्या होता है?''

''हाँ पता है, exam में फेल हो जाते हैं।''

''तुम्हें फेल होने से डर नहीं लगता?''

''लगता है। लेकिन जब मैंने बॉल ली ही नहीं तो, मैंने कोई झूठी विद्या कसम थोड़े खाई है कि फेल हो जाऊँगा।'' ये बोलकर आर्यन वहाँ से जाने लगा तो पवन ने फिर उसे रोका।

''अपनी मम्मी की कसम खाओ।''

आर्यन को अब गुस्सा आ गया। उसने पवन की शर्ट को कॉलर से पकड़ा और बोला–

''विद्या कसम खा ली न, तुम्हारी 10 रुपये की बॉल के लिए मैं मम्मी की कसम नहीं खाऊँगा। समझे?''

इतना कहकर आर्यन वहाँ से चलने लगा। पीछे से पवन की आवाज आई– ''जिसने मेरी बॉल ली हो वो चोर। उसका पूरा खानदान चोर। उसका बाप चोर। उसकी माँ चोर। उसके दादा चोर। उसकी दादी चोर। उसके नाना चोर। उसकी नानी चोर। सब चोर।''

आर्यन ने ये सब पूरा सुना भी नहीं और वो इन्टर्वल में क्रिकेट खेलने निकल गया। इधर क्लास में पवन के दोस्त हेमंत ने बताया कि अगर कल तक बॉल नहीं मिली तो–

''अंडी बंडी संडी कर लेंगे।''

''ये क्या होता है?'' पवन ने पूछा।

हेमंत हँसा और पवन के कान में फुसफुसाया–

''अंडी बंडी संडी, जिसने चोरी की उसकी माँ रंडी।''

पवन को ये तो पता था कि ये कोई बड़ी गंदी बात है। उसको ये सुन के अजीब-सा सुकून आया। इसके बाद तो बॉल मिल ही जाएगी। पवन का मन तो किया कि एक बार हेमंत से पूछे कि रंडी क्या होता है। लेकिन उसको लगा कि इतनी छोटी-सी बात उसे नहीं पता, इस बात का हेमंत मजाक बना सकता है। इसलिए उसने पूछा नहीं। इसके बाद हेमंत और पवन इन्टर्वल में बाहर ठेले पर समोसे खाने चले गए।

इन्टर्वल में खेलने के बाद आर्यन अपनी ही कॉलोनी में रहने वाले नितिन के पास पहुँचा। नितिन उससे एक क्लास आगे था। उससे पूछा-

''झूठी विद्या कसम खाने से, सही में फेल हो जाते हैं क्या?''

''हाँ यार, मम्मी ऐसा ही बोलती हैं।''

''और झूठी माँ कसम खाने से क्या होता है?''

''जिसकी भी झूठी कसम खाओ, वो मर जाता है।''

''और अगर किसी मरे हुए की कसम खाओ तो?''

''मरे हुए की कितनी भी कसम खाओ, कोई फर्क नहीं।'' नितिन ने बड़े ही confidence से कहा।

''हम्म।''

''लेकिन तू क्यों ये सब पूछ रहा है?''

''नहीं, ऐसे ही।'' आर्यन ने कुछ सोच के कहा।

आर्यन अभी कसम और उसके कायदे-कानून के बारे में समझ ही रहा था कि उसने एक और सवाल किया-

''भगवान कसम खाने से क्या होता है?''

''सबसे safe भगवान कसम ही होती है यार।''

''क्यों?''

''क्योंकि भगवान कभी मरता नहीं।''

''झूठी कसम से भी नहीं।''

''अबे नहीं यार, यही तो खास बात है भगवान की। मरता नहीं न।

इसीलिए सब भगवान की झूठी कसम तुरंत खा लेते हैं। तुझे भी कभी झूठी कसम खानी पड़े तो भगवान की खा लेना।''

ये बोलकर नितिन ने बड़े ही आराम से आर्यन को पूरी लाइफ का फंडा दे दिया।

''और अगर भगवान कसम के लिए सामने वाला तैयार न हो तो?''

''तो एक रास्ता है। जो भी रिश्तेदार मर गया हो, उसकी खा लेना। जैसे मेरी दादी नहीं हैं तो कभी भी मुझे जरूरत पड़ती है तो मैं अपनी दादी की कसम खा लेता हूँ, समझा?''

''मेरी दादी जिंदा हैं यार।''

''फिर तो भगवान ही तुझे बचा सकते हैं।''

''कोई और रास्ता नहीं है?''

''नहीं, कल पूछ के बताऊँगा।''

अगले दिन नितिन ने अपनी दीदी से पता करके बताया–

''एक तरीका है। अगर बंदा कसम के लिए बोलते हुए अपने left hand की दोनों उँगलियाँ cross करके बोल दे तो ऐसी कसम का असर नहीं होता।''

ये सुन के आर्यन बहुत खुश हुआ। फिर अगले ही मिनट उसने पूछा–

''लेकिन सामने वाले बंदे ने मेरी left hand की उँगलियों को cross किए हुए देख लिया तो?''

इस पर नितिन ने थोड़ा खीजते हुए कहा–

''अब्बे यार, जेब में हाथ डाल के कर दियो न।''

अब आर्यन को कसम का पूरा मार्केट और उसका फर्जीवाड़ा समझ आ चुका था। चलने से पहले उसने आखिरी बार confirm करने के लिए पूछा–

''तेरी दीदी को पक्का पता है न, left hand ही?''

इस पर नितिन कुछ ज्यादा ही खीज गया। उसने कहा–

"मैं नहीं बताऊँगा, जाओ।" फिर थोड़ी देर चुप रह के बोला-

"पक्का left hand यार, अब ये मत पूछना left hand कौन-सा होता है।"

नितिन ये बोलकर और आर्यन ये सुनकर हँसने लगा। वहाँ से चलने के बाद आर्यन ने अपने right hand से अपना left hand छूकर confirm किया।

उस दिन स्कूल में कुछ नहीं हुआ। पवन के पास दूसरी बॉल आ चुकी थी लेकिन उसका शक अभी भी आर्यन पर था। पवन ऐसे तो नयी बॉल मिलने से खुश था लेकिन पुरानी बॉल मिल जाए तो उसके पास extra बॉल हो जाएगी, ये बात मन से जा नहीं रही थी। इसीलिए उसने हेमंत के कहने पे क्लास में सारे लड़कों को अगले दिन इन्टर्वल का टाइम दिया कि कल सब लोग इकट्ठा हो जाएँ। कल अंडी बंडी संडी है।

सारे लड़के इन्टर्वल में बताई हुई जगह इकट्ठा हो गए। हेमंत ने चिल्ला के कहा-

"अंडी बंडी संडी, जिसने चोरी की उसकी माँ..."

जब हेमंत ये बोल रहा था तो पवन, आर्यन की तरफ घूर रहा था। क्लास के बाकी लड़के हेमंत की तरफ देख रहे थे। एक लड़के ने पूछा भी, ये रंडी क्या होता है तो हेमंत और क्लास के बाकी लड़के उस पर हँसने लगे कि इतनी-सी बात नहीं पता। पवन जैसे बहुत बच्चे थे क्लास में जिनको इसका मतलब नहीं पता था। लेकिन उनको ये पता था कि ये कोई गंदी चीज थी, जिसको बोलकर खोई हुई चीजें मिल जाती थीं।

पवन और हेमंत का मन अभी भी भरा नहीं था। उन्होंने पूरी क्लास के सामने कहा-

"आर्यन को अपनी मम्मी की कसम खानी होगी।"

पूरी क्लास को मजा आ रहा था इस पूरे खेल में। वैसे भी रोज क्रिकेट खेलते-खेलते और टीवी पर क्रिकेट देख-देखकर सब बोर हो चुके थे। पूरी क्लास आर्यन की माँ की कसम वाली बात के लिए तैयार हो गई। आर्यन ने गुस्से से पवन की शर्ट को कॉलर से पकड़ लिया। ये देखकर हेमंत ने आर्यन

को धक्का दिया। कोई बीच में नहीं आया। क्लास के अच्छे लड़के वैसे भी लड़ाई-झगड़े में पड़ते नहीं। उनके लिए अच्छाई का एक ही मतलब होता है exam में अच्छे नंबर। उनके लिए कोई भी ऐसी चीज जिससे नंबर अच्छे नहीं होते, वो चीजें गंदी होती हैं। क्लास के बुरे लड़के हमेशा लड़ाई में पड़ते हैं, बिना इस बात की चिंता किए कि उस लड़ाई से उनको फायदा नहीं है। लेकिन यही लड़के शायद आगे चलकर अपने दोस्तों के लिए लड़ाई करते हैं। क्लास में बुरे लड़के ज्यादा थे और अच्छे लड़कों का टाइम waste हो रहा था, तो सभी अच्छे लड़के वहाँ से चले गए और बुरे लड़कों ने मिल के ये फैसला लिया कि आर्यन को अपनी मम्मी की कसम खानी होगी। आर्यन को समझ आ चुका था कि अब कसम खानी ही पड़ेगी। उसने कहा-

"कसम उसकी खाई जाती है, जिसको सबसे ज्यादा प्यार करते हो। मुझे सबसे ज्यादा अपनी दादी से प्यार है। मैं उनकी कसम खाऊँगा।"

इस बात के लिए क्लास के सारे बुरे लड़के तैयार हो गए। आर्यन ने पैंट की जेब में हाथ डाला और अपनी दादी की कसम खा ली। फैसला हो चुका था। आर्यन ने बॉल नहीं चुराई थी। इन्टर्वल के बाद क्लास के अच्छे लड़कों ने बुरे लड़कों से, इन्टर्वल में क्या हुआ था, पूछ लिया। ठीक वैसे ही जैसे कभी उनको छुट्टी मारनी पड़ जाए तो अगले दिन आकर वो सबसे पहली साँस तभी लेते थे जब तक पिछले दिन का पूरा काम अपनी notebook में copy न कर लें। ऐसे में बुरे लड़के अपनी कॉपी में 2-3 पन्ने खाली छोड़ देते थे जो हमेशा खाली रहते।

इसके बाद घर आकर आर्यन ने अपनी मम्मी से पूछा-

"झूठी कसम खाने से क्या होता है?"

"कुछ नहीं होता।"

"सच में?"

"स्कूल में तो सब बोलते हैं कि झूठी कसम खाओ तो वो...वो मर जाता है।" आर्यन ने थोड़ा उदास होते हुए कहा।

"अरे, कुछ नहीं होता। और पढ़ने में मन लगाओ ये कसम-वसम के चक्कर में कहाँ पड़ गए!" मम्मी ने थोड़ा डाँटते हुए कहा।

"मुझे दादी से बात करने का मन है। मेरी बात करा दो आप। दादी को अपने साथ क्यों नहीं रखते हम लोग?"

इस सवाल से मम्मी थोड़ा irritate हुईं। उन्होंने एक बार फिर से पढ़ने और खाने के लिए आर्यन को डाँटा। ये ऐसी बात थी जिसको लेकर अक्सर मम्मी और पापा का झगड़ा होता था। झगड़ा और भी बहुत बातों के लिए होता था, लेकिन इस बात पर एक बार इतना झगड़ा हो चुका था कि मम्मी आर्यन को उसके पापा के पास छोड़कर नानी के घर चली गई थीं और तभी लौटीं जब पापा दादी को लखनऊ छोड़कर आए। उस बार जब मम्मी लौटी थीं तो बहुत दिनों तक उन्होंने पापा पर न गुस्सा किया न ही किसी बात के लिए झगड़ीं।

दादी अपने पोते को अपने बेटे से भी ज्यादा प्यार करती है। ये ऐसी इकलौती बात है जो शायद हिंदुस्तान के सभी हिस्सों में हिंदुस्तान जितनी ही सच है। घर पर setting कुछ ऐसे हुई थी कि तीन महीने में एक बार पापा एक दिन के लिए दादी के पास जाएँगे और गर्मी की छुट्टियों में जब मम्मी और पापा कहीं घूमने जाएँगे तो आर्यन दादी के पास रहेगा।

आज वही तीन महीने में एक दिन वाला दिन था जब पापा दादी के पास गए हुए थे। रात में पापा ने फोन पर दादी से आर्यन की बात कराई।

आर्यन ने पूछा–

"आपको याद नहीं आती न मेरी?"

"मोर प्रान, मोर बचवा कैसन बा?" दादी ने पूछा।

"मैं समझा नहीं, हिंदी में बोलो न आप।"

"बहुत याद आती है बचवा तुम्हारी।"

"मुझे भी। दादी आप आ जाओ न पापा के साथ।"

"यहाँ कोई घर पे नहीं है न, सब देखे के पड़त बा न।"

"क्या, दादी हिंदी में बोलो न?"

"आऊँगी जल्दी। अच्छे से पढ़ना, अपने पापा जैसे। अव्वल आवत रहन तोहार पापा।"

इस बार आर्यन को थोड़ा समझ में आ गया कि दादी क्लास में first आने के बारे में बोल रही हैं। उसने तुरंत कहा-

"मैं first आऊँगा तो साथ रहने आओगी न? promise करो।"

"हाँ अइबे, मतलब आऊँगी।"

"अच्छा दादी, ये बताओ झूठी कसम खाने से क्या होता है?" आर्यन ने पूछा।

"बहुत बुरा होता है। कभी मत खाना। मेरा प्रान।"

इसके बाद दादी ने फोन आर्यन के पापा को दे दिया। आर्यन ने फोन मम्मी को दे दिया। इसके बाद आर्यन को बस "miss you too" सुनाई पड़ा।

अगले दिन पापा आ गए। दादी ने आर्यन के लिए एक स्वेटर बना के भेजा था और 101 रुपये मिठाई-टॉफी के लिए दिये थे। नोट पर 'दादी' लिखकर आर्यन ने अपनी गुल्लक में डाल दिए और बेसब्री से जाड़े का इंतजार करने लगा।

स्कूल में सब सही चलता रहा। बुरे लड़के थोड़े और बुरे होते गए। अच्छे लड़के थोड़ा और अच्छे। लड़कियों को दोनों तरह के लड़कों में interest आना शुरू हो चुका था। जाड़ा आया आर्यन ने सबसे पहले दादी वाला स्वेटर पहनने की जिद की। स्वेटर निकाला गया लेकिन स्वेटर छोटा निकला। दादी ने जब आखिरी बार आर्यन को देखा था, उसी साइज के हिसाब से बुना था। लेकिन आर्यन बहुत तेजी से बड़ा हो रहा था। उस बार लखनऊ में रिकॉर्ड जाड़ा पड़ा। पापा को दादी को देखने तीन महीने वाले schedule से पहले जाना पड़ा। वहाँ जाकर जब पापा ने दादी की बात आर्यन से कराई तो उसने छोटे स्वेटर की शिकायत की। दादी ने बोला कि बड़ा बना के भेज देंगी। पापा गए थे एक दिन के लिए लेकिन 4-5 दिन तक नहीं लौटे। मम्मी ने बताया- दादी की तबीयत बहुत खराब है और दादी की इस खराब तबीयत की वजह से मम्मी और पापा के जो झगड़े होते थे वो सब थोड़ा-थोड़ा आर्यन को समझ में आने लगा था। अगले दिन मम्मी गुस्से में सामान पैक करने लगीं। वो लोग लखनऊ जा रहे थे। आर्यन दादी से मिलने को लेकर बहुत

खुश था। उसे लखनऊ वाले घर की छत बहुत अच्छी लगती थी।

जब वो चलने वाले थे तो दादी ने फोन पर आर्यन से कहा–

"बचवा, जब मम्मी मेरे जैसे बुड्ढी हो जाएगी तो उसके साथ रहना। जैसे तोहार पापा मेरे पास हैं।"

आर्यन ने तुरंत कहा, "पक्का promise दादी, विद्या कसम।"

आर्यन को दादी की हिंदी थोड़ी-थोड़ी समझ में आने लगी थी और दादी कोशिश करके आर्यन वाली हिंदी बोलने लगी थीं। आर्यन की मम्मी ने जान-बूझकर लेट करके उस दिन वाली ट्रेन छोड़ दी। पापा उस दिन गुस्सा भी हुए। आर्यन ने अपनी मम्मी को बस इतना बोलते सुना, "एक दिन में कुछ हो थोड़े जाएगा।"

एक दिन बाद, जब आर्यन अपनी मम्मी के साथ लखनऊ पहुँचा तो उसने देखा कि दादी आँगन में लेटी हुई थीं। आधा बुना हुआ स्वेटर सामने शीशे वाली अलमारी में रखा हुआ था। आर्यन के बचपन वाली एक फोटो सामने लगी थी। दादी कुछ भी बोल नहीं रही थीं।

आर्यन कोशिश करता रहा कि दादी बोल दें। उसने कहा भी–

"आप अपनी वाली हिंदी में ही कुछ बोल दो, मैं समझ जाऊँगा।"

ये सब देखकर भी मम्मी रोईं नहीं और आर्यन अपने पापा को चुप कराने लगा। उसने छत से जाकर पवन वाली बॉल सामने नाले में फेंक दी। बॉल फेंकने के बाद उसने चारों ओर देखा कि किसी ने देखा तो नहीं। हफ्ते भर बाद जब आर्यन स्कूल पहुँचा तो धीरे-धीरे सबको पता चला कि आर्यन की दादी मर गईं। लखनऊ जाने के चक्कर में आर्यन कई दिन से पढ़ नहीं पाया था और अगले Monday, test में फेल हो गया।

क्लास के अच्छे लड़कों ने पूरे स्कूल में ये बात फैला दी कि कभी झूठी कसम नहीं खानी चाहिए। एक लड़के ने अपनी दादी की झूठी कसम खाई थी तो उसकी दादी मर गईं। धीरे-धीरे ये बात हर जगह फैल गई कि झूठी कसम नहीं खानी चाहिए और अगर कभी खानी भी पड़े तो सबसे safe भगवान कसम होती है।

Jeevanshaadi.com

मेरी उम्र कोई बहुत ज्यादा नहीं थी। यही कोई 27-28 के बीच में थी। कम-से-कम मुझे अपनी उम्र ज्यादा नहीं लगती थी। जिस लड़की से पिछले 5 साल से प्यार करता था उसकी अभी 6 महीने पहले ही शादी हो गई।

साथ घूमना। shopping करना। फिल्में देखना। कभी-कभार साथ में रुक जाना। कभी-कभी बहुत नाराज हो जाना। जैसा कि आज कल के लड़के-लड़कियाँ प्यार में फील करते हैं, वैसे ही फील करते-करते उसके साथ 5 साल बीत गए। पता ही नहीं चला। नहीं, ऐसा कोई regret नहीं है मुझे। We had a good time.

उसे भी कोई regret नहीं था। Basically वो अपनी शादी को ले के शुरू से ही बहुत excited थी। वो चाहे मुझसे होती या फिर किसी और से होती।

जाने से पहले उसने वही बोला जो हिंदुस्तान की करीब-करीब हर लड़की बोलती है।

"अपना खयाल रखना। और अपनी शादी में पक्का बुलाना मुझे। और प्रॉमिस करो कि तुम भी जल्दी शादी कर लोगे। और मेरी शादी में पक्का आओगे। आओगे न?"

ये ऐसी बात है जिसका कभी भी कोई सही जवाब नहीं हो सकता सिवाय 'हाँ हूँ' के। मैंने भी यही किया। 'हाँ हूँ' किया। आखिरी बार उसके होंठों पर अपने निशान छोड़े। अपने होंठों पर उसके निशान लेकर हम दोनों एक-दूसरे के कान में आखिरी बार love you और love you too बुदबुदाए।

कायदे से घर आकर मुझे उस दिन खूब दारू पीनी चाहिए थी। लेकिन ऐसा कुछ मूड किया नहीं। बस थोड़ी देर तक लैपटॉप पर उसकी फोटो देखता रहा। मैं चाहता तो शायद हमारी शादी हो सकती थी, लेकिन मुझे इतनी जल्दी शादी नहीं करनी थी। वो इससे ज्यादा रुक नहीं सकती थी।

इसके बाद मेरा routine बहुत नॉर्मल हो गया था। ऑफिस से घर, घर से ऑफिस। weekend पर एक-दो दोस्तों के साथ मूवी देखना। घूमना-फिरना। friends के through उनके ऑफिस की एक-दो बंदियों से मिला भी, जो उन दिनों सिंगल थीं। लेकिन जो मिलीं मैं उनकी बातें नहीं झेल पाता था।

इधर घरवालों का pressure बढ़ता जा रहा था कि मैं शादी कर लूँ। मम्मी से जब भी फोन पे बात होती तो सिवाय इसके कोई बात नहीं होती कि फलाने अंकल की बेटी का रिश्ता आया है। ढिमाके रिश्तेदार के through बड़ा ही अच्छा रिश्ता है। लड़की भी IT company में ही नौकरी करती है।

मुझे किसी भी लड़की से शादी के लिए मिलने का मन नहीं किया। घरवाले भी साल-छह महीने कहते-कहते थक गए। एक दिन अपनी ईमेल

चेक कर रहा था तो देखा, मेरी बहन ने मेरी प्रोफाइल Matrimony की साइट पर बनाकर मुझे उसका username और password भेज रखा है। गुस्से में मैंने उसको फोन मिलाया तो उसने मम्मी को फोन थमा दिया। मैंने बता दिया कि मुझे अभी नहीं करनी शादी। ये सब क्यों कर रहे हो मुझे बिना बताए और प्रोफाइल बना ही दिया था तो कम-से-कम फोटो तो अच्छी लगानी चाहिए थी। वेबसाइट से कौन शादी करता है! इसमें जो लड़कियाँ हैं उनका कोई भरोसा है! तो बहन बोली कि वैसे भी जो रिश्ते आ रहे हैं, उनमें भी लड़कियों का कौन-सा बड़ा भरोसा है!

"वैसे भी 8% इंडिया अब matrimony site से ही शादी कर रहा है।" बहन ने फिर ये बताया कि ये paid account है। इसमें लड़कियों से chat भी कर सकते हो और उनके नंबर भी देख सकते हो। मम्मी ने भी बताया-

"अब पहले जैसा नहीं है बंटू। पहले तो हम लोग समझते थे कि अखबार में वही लोग अपनी बेटी का प्रोफाइल देते हैं जो over age हो गई हो। लेकिन आजकल का यही तरीका हो गया है।"

मम्मी में आए इस नए चेंज को देखकर अच्छा लगा। कम-से-कम बहू कहीं से भी आए सास तो up-to-date है।

बात आई गई हो गई। अगले 2-3 महीने मैंने कभी अपना account नहीं खोला। मम्मी ने बहन के साथ बैठकर रोज मेरे लिए लड़कियाँ देखना शुरू कर दिया। ऐसे वेबसाइट से लड़की ढूँढ़ना खानदान में पहली बार ही हो रहा था। मम्मी बताने लगीं यहाँ से रिश्ता आया है। वहाँ से रिश्ता आया है। अगले एक महीने में कुछ 5-6 जगह मम्मी की रिश्ते को लेकर बातें सीरियस होने लगीं। मम्मी का stand clear था। उनको एक लड़की ढूँढ़ लेनी थी और मेरा stand भी clear था कि कोई भी लड़की ले आएँ मुझे अभी शादी नहीं करनी। मम्मी और मैं दोनों अपने stand पे टिके हुए थे। हाँ, बस वो जिसको बताती थीं उस बंदी से या बंदी की फैमिली से मैं मिल आता था। फिर कोई-न-कोई बहाना बता के काट देता था।

एक दिन संडे को अपनी अलमारी समेटते हुए मुझे मानसी के दिए हुए गिफ्ट दिखे। गिफ्ट देख के मुझे याद आया कि लाइफ कितनी unsettled

हो गई है। जब तक वो थी कम-से-कम ये नयी लड़कियों को देखने वाला सिलसिला तो चालू नहीं हुआ था। मानसी के जाने के बाद से मुझे उस दिन पहली बार लगा कि अब सेट हो जाना चाहिए। अलमारी समेटकर मैंने अपनी jeevanshaadi.com वाली प्रोफाइल पहली बार खोली। वहाँ देखा कि मम्मी और बहन ने मिल के 77 लड़कियों पर 'express interest' किया हुआ है और मेरी प्रोफाइल पर 21 लोगों ने 'express interest' किया हुआ है। matrimony site पर पहली बार आना ऐसा ही होता है जैसे आप अपने लिए कार खरीदेने निकले हों। आप को exactly अपनी requirement के हिसाब से फिल्टर लगाते जाना है और website अपने-आप आपके लिए कौन-सी लड़की suitable रहेगी, बता देगी जैसे कि कार वाली websites कार के बारे में बता देती हैं। मैं अभी इन सब मायाजालों को समझने की कोशिश ही कर रहा था इतने में एक नया 'express interest' आया। मैंने click किया तो बंदी की फोटो खुली। उसके नीचे उम्र 26 साल लिखी थी और about me वाले सेक्शन में लिखा था-

'My daughter Himani is very simple, sober and fun loving. She is modern with traditional values. Currently working with an MNC based in Delhi. We don't believe in dowry. Looking for only serious proposals'

ये पढ़ते हुए मेरी नजर 'fun loving' पर अटकी और We don't believe in dowry पढ़कर बहुत ही अच्छा लगा। मैंने 'express interest' accept कर लिया। अगले ही मिनट वो बंदी कोने वाले chat box में दिखने लगी।

मैंने box में message भेजा- "Hi, is this Himani?"

"No, I'm himani's sister." वहाँ से तुरंत reply आया।

"Ooh okay." मैं थोड़ा ठिठका। लड़की की बहन से बात करने के लिए मैं अभी तैयार नहीं था।

"What do you do? Are you looking for working girl? Are your veg? Veg is compulsory for us. How much is your salary? Her CTC is 4.65 lacks per annum Fixed. You belong to which place? Are you serious?"

"इतने सवाल एक बार में। Are you serious?"

"Sorry, लेकिन यहाँ ज्यादातर लोग सीरियस नहीं होते न, इसलिए पूछा आपसे।"

"मुझे पता नहीं, आज मैंने पहली बार ही अपना अकाउंट खोला है। मेरी बहन और मम्मी ही अकाउंट देखते हैं।"

फिर मैंने एक-एक करके उसके सारे सवालों के जवाब दे दिए। उसने आखिरी सवाल किया-

"आपको कुछ पूछना है?"

"हाँ।"

"प्लीज पूछो।"

"मुझे हिमानी से बात करनी है।"

"आपको ये नहीं लगता, पहले हमारे parents को बात कर लेनी चाहिए?"

इस जवाब से मैं थोड़ा irritate हुआ। सोचा log out मार दूँ, लेकिन कुछ सोचकर मैंने लिखा-

"नहीं, मुझे बिलकुल नहीं लगता कि पहले हमारे parents को बात करनी चाहिए। मैं independent लड़की देख रहा हूँ। अगर हिमानी अपने parents और अपनी बहन पर इतना dependent है तो I'm not interested."

मैंने ये message भेज तो दिया पर थोड़ा बुरा लगा। फिर कुछ सोचकर मैंने 'मैंने अगर ज्यादा बोल दिया हो तो, sorry.' भेज दिया।

उधर से हिमानी की बहन जा चुकी थी। मुझे अपनी बेवकूफी पर बुरा लगा कि अच्छा-खासा अलमारी साफ कर रहा था। कहाँ jeevanshaadi.com के चक्कर में पड़ गया! अलमारी को ठीक करके, खाना खाकर मैंने घर फोन मिलाया। लेकिन उनको ये नहीं बताया कि मैंने website खोली

थी।

अगले दिन ऑफिस में 11 बजे के आसपास एक ऐसे नए नंबर से sms आया जो मेरे मोबाइल में save नहीं था।

"Himani this side."

"Who himani?"

"कल jeevanshaadi.com पर आपकी मेरी बहन से बात हुई थी न?"

"ओ हाँ।"

"बताइए।"

"Can we talk in evening?"

"Yes sure."

"Which time?"

"You tell me."

"No, you tell me."

"Ok, 8pm. चलेगा?"

"Yes, ok."

SMS के बाद मैंने हिमानी का नंबर 'शादी1' नाम से save कर लिया। तभी मम्मी का फोन आया कि किसी हिमानी नाम की लड़की की बहन का फोन आया था। वो लोग तुम्हें कॉल करेंगे मैंने नंबर दे दिया है। वो बता रहे थे कि website पर उनसे तुम्हारी बात हो चुकी है। ये बोल के मम्मी मुझ पर हँसने लगीं।

"चलो मन तो हुआ तुम्हारा।"

मम्मी से बात करके मैं ऑफिस का काम करने में busy हो गया। लेकिन दिन में शाम के 8 बजने से पहले 4-5 बार घड़ी देखा कि कहीं 8 तो नहीं बज गए। मैं घर के लिए थोड़ा जल्दी चल दिया ताकि फोन आए तो traffic में फँसा हुआ न मिलूँ। घर पहुँचकर 8 बजने का इंतजार करने

लगा। ठीक 8 बजे ऑफिस से किसी का फोन आ गया। मैं बात कर ही रहा था इतने में 'शादी 1' का कॉल मिस हुआ। मैंने ऑफिस वाला फोन काटा तो एक sms पड़ा था।

"It's okay, if you are busy. we can talk later."

मैंने sms भेजा-

"No it's okay. should I call now?"

इसके बाद शादी1 का कॉल ही आ गया। फोन उठाने से पहले मैंने अपने कमरे का दरवाजा सही से बंद किया और पंखा भी आवाज करता हुआ लगा पहली बार, उसे भी बंद किया फिर कॉल उठाया।

"Hi." मैंने कहा।

"Helloz." उसने कहा।

"So, how was the day?" मैंने बात शुरू करने के लिए पूछा।

बड़ा ही अजीब हो जाता है। ऐसे किसी बंदी से बात करना जो कि आने वाले कल में आपकी बीवी हो सकती है। आपको पता होता है, आपको शुरू तो जीरो से करना है लेकिन इस बार आपको जान-पहचान से दोस्ती वाली और दोस्ती से प्यार वाली सीढ़ी पार नहीं करनी। ये वैसे ही है जैसे किसी tournament में कोई टीम सीधे फाइनल खेलने के लिए उतरे और उससे पहले कोई प्रैक्टिस मैच भी खेलने को न मिला हो।

खैर, हमारी बात शुरू हुई। बात करते-करते कब 8 से 10 बज गए पता ही नहीं चला। मानसी के जाने के बाद से उस दिन पहली बार मैंने 2 घंटे तक फोन पर बात की थी। दुनिया भर की बातें हुई। मम्मी ने उसको मेरा घर का नाम बंटू भी बता दिया था। बातों से वो बहुत बिंदास लगी। बिलकुल 'modern with traditional values' टाइप। फोन रखने से पहले उसने कहा-

"मुझे एक बात बोलनी है। जिसको बोलने के बाद शायद आप मुझसे बात करने से मना कर दो।"

"बात तो बोलो।"

"Actually, कल वो चैट पर मेरी बहन नहीं थी।"

"तो?"

"I'm sorry for this. लेकिन websites का कोई भरोसा नहीं होता न। एक-से-एक लफंगे मिल जाते हैं। एक बार तो एक शादीशुदा बंदा बात करता रहा। बहुत झेल चुकी हूँ। इसलिए ये करना पड़ता है। I hope you don't mind this. Actually मुझे आपकी वो independent लड़की वाली बात बहुत अच्छी लगी थी। आप अभी भी बात करेंगे मुझसे?"

हालाँकि उसकी इस बात का इतना भी बुरा नहीं लगा मुझे। बात सही भी थी इन websites का कोई भरोसा थोड़े है! मैंने कहा-

"अरे इतना मत सोचो आप। It was nice talking with you."

"Thanks, same here."

इतना कहकर हम दोनों ने फोन काटने से पहले कहा-

"पहले तुम रखो।"

"नहीं, पहले आप रखिए।"

खैर, किसने फोन पहले रखा था। ये मुझे अब याद नहीं, लेकिन फोन रखने के बीस-पच्चीस मिनट बाद उसका take care, good night का sms आया। जिसका जवाब मैंने केवल 'good night' लिख के भेज दिया।

बातें रोज रात 8 बजे शुरू होतीं। शुरू में दो-चार दिन 10 बजे बातें खत्म हो जातीं। हफ्ते भर में ही फोन पे 12 बजने लगे। इस दौरान मुझे मानसी की याद कभी नहीं आई। जब हम एक-दूसरे को ठीक-ठाक जान गए तो सोचा कि मिलते हैं। मुझे एक हफ्ते बाद दिल्ली जाना था तो मैंने हिमानी से मिलने के बारे में पूछा। वो तैयार हो गई। वो बोली कि घर वालों से भी मिल लो। मैंने कहा मिल लेंगे। एक बार हम पहले मिल लें। उसने अपने घर पे बताया नहीं कि वो किसी लड़के से मिलने जा रही है। मैंने भी अपने घर पर नहीं बताया कि मैं दिल्ली में किसी लड़की से मिलूँगा।

आपने किसी की तस्वीर कितनी बार भी देखी हो। लेकिन सामने वाले

बंदे या बंदी की शक्ल बिना मिले साफ नहीं होती। फोन पर बात करते हुए हम दोनों को एक-दूसरे का धुँधला चेहरा ही दिखता था।

पहली बार मैं किसी लड़की से उसके घरवालों के बिना शादी के लिए मिल रहा था। हम सुबह 11 बजे राजीव चौक पे मिले। मिलने के बाद बहुत देर तक हम एक-दूसरे की तस्वीरें पूरी करते रहे। जो कि website से थोड़ी-बहुत अलग थीं।

"आप तो बिल्कुल भी वैसे नहीं दिखते!" हिमानी ने थोड़ा चौंकते हुए कहा।

"आप भी। website से बुरा लगता हूँ क्या?" मैंने हँसते हुए पूछा।

"नहीं-नहीं, बिलकुल नहीं। उससे तो बहुत अच्छे लगते हो आप।"

"और मैं website वाली फोटो जैसे ही लगती हूँ न?"

"नहीं बिलकुल नहीं। उससे बहुत अच्छी।"

दिन भर कभी यहाँ तो कभी वहाँ घूमते रहे। उसने मुझे अपने कॉलेज का कैंपस दिखाया। कई सारे joints दिखाए जहाँ-जहाँ वो अपनी फ्रेंड्स के साथ आती है। शाम तक घूम के हम बहुत थक चुके थे। फिर हमने कोई फालतू-सी मूवी का टिकट लिया और हॉल में आकर बैठ गए। टिकट मैंने बहुत दिनों बाद लिया था लेकिन मानसी वाली आदत नहीं छूटी थी, साइड कॉर्नर वाली आदत। मूवी के दौरान भी हमारी बात होती रही। हालाँकि वो पहली बार मेरे इतना क्लोज थी, लेकिन मेरी हिम्मत नहीं हुई कि मैं उसका हाथ भी पकड़ पाऊँ। थोड़ी देर बाद जब हमारी बातें खत्म हो गईं तो उसने पता नहीं कब अपना सर मेरे कंधे पर रख दिया और मेरा हाथ पकड़ लिया। मुझे बहुत दिनों बाद मानसी की याद आई। मूवी खत्म हुई। उसके बाद मुझे सीधे एयरपोर्ट निकलना था। वो भी आई साथ में। फ्लाइट के टाइम से पहले वो एकदम चुप हो गई। कुछ बोल नहीं रही थी। जब वो कुछ बोल नही रही थी तब मुझे लगा कि हाँ ये बंदी अच्छी है। इससे शादी कर लूँगा तो बहुत अच्छा रहेगा। मैंने सोच लिया था कि जाते ही मम्मी को बोल दूँगा, हिमानी के घर वालों से बात कर लें। एयरपोर्ट पर अंदर घुसने से पहले न वो कुछ बोली न मैं कुछ बोला। बस पलट के थोड़ा-सा आगे बढ़ा था कि उसने पूछा-

"अब कब आओगे आप?"

ये सुनकर मैं उसके पास आया और उसके माथे को अपने होंठों से हल्का-सा गीला करके बोला-

"बहुत जल्द।"

इसके बाद शायद वो 'love you' बुदबुदाई और मैं 'love you too' बुदबुदाया।

दिल्ली मुझे बिल्कुल भी पसंद नहीं। लेकिन उस दिन दिल्ली से जाने का मन नहीं कर रहा था। मैं थोड़ा और आगे बढ़कर एक बार लौटा, तो वो मुस्कुराई और बोली-

"बस, अब जल्दी जाइए वर्ना मैं रो दूँगी।"

इतना बोल कर वो रो भी दी। मैं पूरे रास्ते हिमानी के बारे में सोचता रहा। कई दिनों बाद बहुत अच्छा लग रहा था। एक दिन की ही तो यादें थीं अभी तक हमारे पास। लेकिन पता नहीं क्यों बार-बार ऐसा लग रहा था कि हम एक-दूसरे को बहुत दिनों से जानते हैं। इससे पहले कभी भी किसी बंदी से मिल के इतनी जल्दी मेरी chemistry match नहीं की थी। हिमानी के साथ भी शायद इसलिए की क्योंकि हम शादी के लिए मिल रहे थे। शायद ऐसा हर एक लड़के के साथ होता होगा, जब वो शादी के लिए किसी लड़की से मिलता होगा। मुझे कई बार फर्क नहीं लगता आजकल की love marriage और arranged marriage में। दोनों में ही लड़का-लड़की एक-दूसरे को अच्छे से जान चुके होते हैं। अब पहले वाला हिसाब-किताब तो है नहीं कि लड़के-लड़कियाँ सीधे शादी में एक-दूसरे को पहली बार मिल रहे होते हैं। arranged marriage में लड़के से ज्यादा लड़के की बहन, उसके जीजा वगैरह इंटरव्यू ले चुके होते हैं लड़की का। और वही लड़के के साथ भी होता है। कई बार लड़की से ज्यादा लड़की की सहेलियाँ और जीजा इंटरव्यू ले चुके होते हैं लड़के का। हाँ, जीजा दोनों साइड से कॉमन रहते हैं। हिंदुस्तान में जीजाओं की इज्जत का पैमाना यही है कि ससुराल में कोई शादी हो और तय होने से पहले उनकी राय पूछ ली जाए। वो हाँ का एकमात्र विकल्प चुनें और बाजार में खबर फैला दी जाए कि लड़की के या लड़के के जीजा ने

सब देख-समझ लिया था। जीजा जैसे जीजा होने से पहले शादी के senior consultant थे किसी MNC में। आजकल की किसी भी शादी में जयमाल के टाइम पर जितनी आसानी से लड़के-लड़कियाँ एक-दूसरे से इशारों में बात कर लेते हैं उसको देख के ये जानना करीब-करीब असंभव है कि शादी love है या arranged. मुझे भी ऐसा ही लग रहा था कि अगर मैं घर जा के बोल दूँ मुझे हिमानी से शादी करनी है तो ये मेरी love marriage हुई या arranged. मैंने घर जाते ही मम्मी को बोल दिया कि मुझे ये लड़की पसंद है। बाकी आप लोग देख लो। मम्मी ने एकदम से खुश होके पापा को बताया। बहन और उसकी सहेलियों की अपनी प्लानिंग शुरू हो गई थी। पापा ने हिमानी के पापा से बात की। हिमानी और मैं एक बार घरवालों के सामने मिले। ऐसे जैसे पहली बार मिल रहे हैं। वो चाय लाते हुए वैसे ही घबराई हुई थी जैसे सालों से हिंदुस्तान की लड़कियाँ घबरा रही हैं। उसने वैसे ही सारा सामान खुद बनाया हुआ था जैसे अमूमन सारी लड़कियाँ बना लेती हैं। पैसा न हमें चाहिए था न उन्हें देना था। बस कुंडली-मिलान बचा था। कुंडली मिलान हुआ सब नॉर्मल निकला। दोनों ने चैन की साँस ली। कुंडली ने जितने घर आज तक बसाये उससे ज्यादा बसने नहीं दिए होंगे। शादी की डेट फिक्स हो गई। वहीं on the spot रोका हो गया। अँगूठी पहना दी गई। सब perfect निपट रहा था। मुझे love marriage वाली feel आ रही थी और हम दोनों के घरवालों को arranged marriage वाली। इन सबके बीच मुझे मानसी की याद कभी नहीं आई। जबकि एक टाइम ऐसा लगता था कि कैसे किसी और से शादी कर पाऊँगा।

इस बीच हिमानी और मेरी रोज ही घंटों बात होती थी। मैंने शादी से 1 महीने पहले ही दिल्ली ट्रांसफर ले लिया। जबकि दिल्ली मुझे बिल्कुल भी पसंद नहीं था, लेकिन अब दिल्ली आने की वजह बदल चुकी थी। वजह बदल जाए तो शहर भी बदला हुआ ही लगता है। मैंने हिमानी को मानसी के बारे में सब बता दिया था हालाँकि मैंने कभी खुद हिमानी के पास्ट के बारे में जानने की कोशिश नहीं की। हमने मिलकर शादी के बाद रहने के लिए एक घर फाइनल कर दिया था। शादी को करीब एक हफ्ता बचा था और हिमानी ने मुझे शाम को ऑफिस के बाद मिलने के लिए कहा। वो बहुत रो रही थी।

मैं जैसे ही उसे मिला वो मुझसे गले लगकर और जोर से रोने लगी। मेरे बहुत देर तक चुप कराने के बाद भी चुप नहीं हुई। तो मैंने ही उसका मूड हल्का करने के लिए कहा–

"क्या बात है, एक हफ्ता ही रह गया है शादी में। इस बात के लिए इतना क्यों रो रही हो?"

वो फिर भी रोती रही। करीब एक घंटे बाद बोली–

"मुझे एक बात बोलनी है। जिसको बोलने के बाद शायद आप मुझसे बात करने से मना कर दो।"

"बात तो बोलो।"

"मैं एक बंदे से मिली थी jeevanshaadi.com के through. आपसे मिलने के पहले।"

"हाँ, तो क्या हो गया?"

"तो मेरा रोका उसके साथ हुआ था। हमारे बीच physical भी था। He was just perfect for me. जैसे आपके लिए मानसी थी। लेकिन वो अपने career के लिए दुबई चला गया था और मुझे अपनी फैमिली के साथ ही रहना था, यहाँ दिल्ली में।"

"हाँ, तो ठीक है न। कोई बात नहीं।"

"तो मुझे वो पसंद था और अब उसे भी मेरे बिना अच्छा नहीं लग रहा। वो मेरे लिए लौट आया है मुझे बिना बताए। इसीलिए मैंने पहले आप से बात की थी तो बोला था, इन websites का कोई भरोसा नहीं हैं।"

"लौट आया है, क्या मतलब?"

ये सुनकर वो फिर रोने लगी।

"देखिए, मुझे पता है आप बहुत अच्छे इंसान हो। लेकिन मैं आपसे शादी नहीं कर सकती। बस आप एक एहसान कर दो अपनी तरफ से ये शादी तोड़ दो।"

मन तो किया कि बहुत मारूँ हिमानी को। लेकिन उसकी बात मानकर भी नुकसान मेरा था और उसकी बात न मानकर भी। हम सुबह के 7 बजे तक मेरे

घर पर बैठे रहे। कभी वो चुप होती तो मैं रोने लगता। तो कभी मैं चुप होता तो वो। ये हमारी पहली और आखिरी रात थी जो हमने साथ गुजारी। हमारी शादी की उम्र कुल एक रात की थी। बिना मुकदमे के हम दोनों आजाद होकर भी उम्र भर के लिए कैद हो गए। उसने जाने से पहले बस इतना ही कहा–

"अपना खयाल रखना। और अपनी शादी में पक्का बुलाना मुझे। और प्रॉमिस करो कि तुम भी जल्दी शादी कर लोगे। और मेरी शादी में पक्का आओगे। आओगे न?"

उस दिन मानसी की बहुत याद आई। हिमानी के जीजा ने सभी रिश्तेदारों को sms कर दिया कि दहेज की वजह से शादी cancel करनी पड़ी। कभी-कभी कुछ शहर रास नहीं आते। मैंने नौकरी बदल ली है और दिल्ली छोड़ दिया है। एक अंकल की बेटी, जिसको मैं बचपन से जानता हूँ, उससे शादी कर रहा हूँ। जयमाल में जितनी आराम से मैं अपनी होने वाली बीवी से इशारों में बात कर रहा हूँ, उसको देख कर किसी के लिए भी ये अंदाजा लगाना मुश्किल है कि ये शादी love है या arranged.

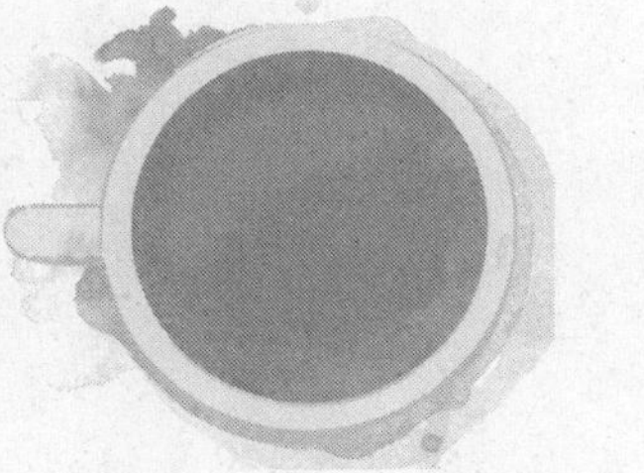

एक 16-17 साल का लड़का एक प्राइवेट इंजीनियरिंग कॉलेज में अंदर आकर डरते-डरते वहाँ फाइनल इयर में पढ़ने वाले कुछ लड़कों को रोकता है।

"भइया आप लोग यहीं पढ़ते हैं?"

इस पर वो 3-4 लोगों के ग्रूप का एक बंदा थोड़ा हड़काते हुए कहता है-

"भइया नहीं, सर बोलते हैं इंजीनियरिंग कॉलेज में।"

"सॉरी सर!"

"ये हुई ना बात! अब पूछो।"

"सर, मुझे ये पूछना था कि यहाँ 100 % प्लेसमेंट होता है क्या? मैं यहाँ एडमिशन लेने की सोच रहा हूँ।"

इस पर वो सारे लड़के एक सुर में ठहाका लगते हैं और कहते हैं-

"केवल बाहर वालों को बताने के लिए 100 % होता है। इस साल का AIEEE का रिजल्ट आ गया क्या?"

"AIEEE का पेपर अच्छा नहीं हुआ है सर। कोई गवर्नमेंट या NIT कॉलेज मिलेगा नहीं इसलिए ऐसा प्राइवेट कॉलेज ढूँढ़ रहा हूँ जहाँ 100 % प्लेसमेंट होता हो।", ये बोलकर वो लड़का वहाँ से किसी ऐसे प्राइवेट कॉलेज को ढूँढ़ने के लिए चला जाता है जहाँ 100 % प्लेसमेंट होता हो।

फलाना College Of Engineering

Placement

प्लेसमेंट और प्राइवेट कॉलेज में कोई सीधा संबंध नहीं होता। IIT और प्राइवेट कॉलेज में एक बहुत छोटा-सा अंतर होता है। IIT में प्लेसमेंट होना एक चीज है और एडमिशन होना बड़ी चीज। जबकि प्राइवेट कॉलेज में एडमिशन होना कोई चीज नहीं है, पर प्लेसमेंट होना सबसे बड़ी चीज। कोई भी कॉलेज join करने से पहले बंदा, बंदे के माँ-बाप बस एक चीज का पता लगाकर अपना फैसला लेते हैं कि कॉलेज का प्लेसमेंट कैसा है। जहाँ का प्लेसमेंट अच्छा वहाँ की पढ़ाई भी अच्छी ही होगी वर्ना कंपनी नौकरी

क्यों देती, यही सोचकर कॉलेज में एडमिशन के फैसले ले लिए जाते हैं और लिए जाते रहे हैं। हाँ, पिछले साल जिस ब्रांच का प्लेसमेंट अच्छा हुआ होता है अगले session में उसी ब्रांच की सीटें सबसे पहले भर जाती हैं।

कॉलेज की प्लेसमेंट टीम वाले बड़ा-सा गुलदस्ता लेकर गेट पर खड़े होकर मि. T. K. पुरोहित का इंतजार कर रहे हैं। मि. पुरोहित, electronics की एक कंपनी i-Tronix Labs में General Manager (GM) हैं। वो इस साल का सबसे ज्यादा पैकेज ऑफर कर रहे हैं। कॉलेज वाले कंपनी का इंतजार उतनी ही उम्मीद से और उतना ही मुस्कुराते हुए करते हैं जितना कि द्वारपूजा के समय लड़की के घर वाले बारात का करते हैं। दोनों यही चाहते हैं कि सब अच्छे-से और जल्दी-जल्दी निपट जाए।

मि. पुरोहित और उनके साथ दो लोग कार से उतरते हैं। मि. पुरोहित की उम्र होगी यही करीब 35 साल। cleen shaved। नया सूट। चेहरे पर ray ban के गॉगल और पहली नजर में एकदम स्ट्रिक्ट। प्लेसमेंट टीम से एक लड़की आगे बढ़कर मुस्कुराते हुए मि. पुरोहित को गुलदस्ता देती है। मि. पुरोहित हल्के-से हँसकर गुलदस्ता लेकर कार में रखते हैं और उतरकर कॉलेज को बड़े ही गौर से देखते हैं। कैंटीन, खाली classes, दूर बेंच पर एक लड़का और लड़की बैठे हुए हैं। मि. पुरोहित अभी कॉलेज का जायजा ले रहे हैं। इतने में कॉलेज के प्लेसमेंट हेड और director उनको कॉलेज के बारे में बताते हैं। उनको एक हॉल में ले जाते हैं जहाँ दरवाजे पर कागज पर प्रिंटेड 'Placement' चिपका हुआ है। वो 'Placement' इतना ताजा है कि कोई भी समझ सकता है कि एक-आध घंटे पहले ही इसे चिपकाया गया होगा। हॉल में अंदर एक बहुत बड़ा टेबल है। हॉल बहुत ही अच्छा सजा हुआ है। हॉल में घुसने के 5 मिनट के अंदर ही काजू, चिप्स और बिस्कुट टेबल पर आता है। नये कप-प्लेट में चाय लाई जाती है। कॉलेज के प्लेसमेंट हेड मौका देख मुस्कुरा कर बताते हैं-

"सर हमारे यहाँ कॉलेज की शुरुआत से 100% प्लेसमेंट होता है। पिछले वाला वाला बैच तो एक हफ्ते में प्लेस हो गया था।"

मि. पुरोहित को इन सब बातों से कोई खास फर्क नहीं पड़ता। Director साहब को कुछ समझ नहीं आता कि क्या बात करें। खुद की तारीफ करते हुए कहते हैं-

"हम लोग discipline और पढ़ाई को लेकर बहुत ही strict हैं।"

मि. पुरोहित अब भी कोई ज्यादा ध्यान नहीं देते। बस आराम से चाय वाले कप-प्लेट को देखते रहते हैं। उनको शांत देखकर director दुबारा बोलते हैं-

"आपकी कंपनी का ऑफर यहाँ के average सैलरी से डबल है। इसलिए हमने अपनी तरफ से कटऑफ 70% कर दिया है।"

ये सुनकर मि. पुरोहित पहली बार बोलते हैं-

"हमने आपको पहले ही बता दिया था कि कटऑफ 60% रहेगा फिर आपने बिना बताए चेंज कैसे कर दिया?"

"70% के ऊपर वालों को ही लेकर जाइए आप। हम तो आपको quality resource दे रहे हैं। 70% के ऊपर वाले एकदम industry ready resource हैं।" प्लेसमेंट हेड ने कहा।

"वो आप मुझ पर छोड़ दीजिए। कौन industry ready resource है कौन नहीं। मुझे 60% के ऊपर वाले electronics branch के सभी लोगों के resume चाहिए। अभी। एक घंटे में।" मि. पुरोहित ने थोड़ा नाराज होते हुए कहा।

"ठीक है। एक बात और करनी थी आपसे।" प्लेसमेंट हेड ने कहा।

"क्या?"

"देखिए आप पहले ही average सैलरी से डबल पैकेज ऑफर कर रहे हैं। आप ऐसा भी तो कर सकते हैं कि एक के बजाय दो candidates select कर लीजिए और पैकेज आधा कर दीजिए।"

इस बात पर मि. पुरोहित ने गुस्सा होकर तेज आवाज में कहा-

"आपको जो बताया था आप बस उतना कीजिए। मुझे एक घंटे में 60% के ऊपर वाले सभी लोगों के resume चाहिए।"

ये सुनकर director और प्लेसमेंट हेड का मुँह बन गया। मि. पुरोहित

ने चाय का आखिरी घूँट पीते हुए कहा–

"तब तक मैं कैंटीन तक घूम कर आता हूँ।"

"मैं साथ आता हूँ।" प्लेसमेंट हेड ने कहा।

"नहीं। मैं अकेले घूम कर आता हूँ। आप resume और 60% के ऊपर वाले सभी लोगों को एक घंटे में लेकर आइए।"

मि. पुरोहित आराम से चलते हुए कॉलेज के हर एक कोने को देखते हुए कैंटीन तक जाते हैं। वहाँ जाकर कैंटीन में बैठे हुए हर एक लड़के-लड़की को ध्यान से देखते हैं और काउंटर पर जाकर एक कोल्ड कॉफी ऑर्डर करते हैं। कॉफी लेकर एक ऐसी जगह बैठ जाते हैं जहाँ से पूरी कैंटीन दिख सके। तभी उनका मोबाइल बजता है लेकिन वो फोन नहीं उठाते बस चुपचाप कैंटीन के शोर को सुनने लगते हैं। कैंटीन के शोर में एक बड़ी अजीब बात होती है। उस शोर में न जाने कितने लोगों की क्या-क्या बातें रोज जुड़ जाती हैं। लेकिन शोर बढ़ता नहीं, उतना ही रहता है। चुपचाप किए जाने वाले लैक्चर से कैंटीन का शोर ही कभी कम तो कभी ज्यादा राहत देता रहता है।

फलाना कॉलेज ऑफ इंजीनियरिंग

इंजीनियरिंग के तीन साल पूरा होते-होते सबको अपनी औकात समझ में आने लगती है। कई लोगों को समझ में आ चुका होता है कि इंजीनियरिंग उनके लिए नहीं थी। इसके उलट कई लोगों समझ में आ चुका होता है कि उनकी dream कंपनी कौन-सी है, उनको कौन-सा काम पसंद है। उनको किस प्रोफाइल में काम करना है। इस देश में सबसे बड़ी tragedy हुई बेचारे mechanical, electrical और electronics इंजीनियर के साथ। वो बेचारा 4 साल पढ़ता है अपने सब्जेक्ट mechanical, electrical और electronics और कॉलेज के बाद नौकरी मिलती है software कंपनी में। वैसे जितने भी कोर्स हिंदुस्तान में हो सकते हैं, उनमें इंजीनियरिंग की बात अलग ही है। आप इंजीनियर हों-न-हों लेकिन आपको एक बार इंजीनियरिंग कॉलेज जरूर जाना चाहिए। वहाँ जाकर देखना चाहिए कैसे इस देश में एक-एक रात पढ़कर इंजीनियर तैयार हो रहे हैं। जो कल दुनिया भर में

देश का नाम ऊँचा करेंगे। अच्छा, एक दिन पढ़ने वाली बात को आप हल्के में मत लीजिएगा। जो भी इंजीनियर एक दिन से ज्यादा पढ़कर इम्तिहान दे वो इंजीनियर ही नकली है। जिसने भी अपने नोट्स बना के पढ़ाई की वो इंजीनियर भी नकली। लोग फालतू में ही doctors की हैंड-राइटिंग को कोसते रहते हैं। जिस इंजीनियर को सुबह का अपना लिखा हुआ शाम को समझ में आ जाए वो इंजीनियर भी नकली। इंजीनियरिंग की असल बात यही है कि कॉलेज की लड़कियों के बनाए हुए नोट्स को एक रात में पढ़ लेना, अगले दिन इम्तिहान में जा के उल्टी कर आना और एक दिन में जो भी पढ़ा था उसको इम्तिहान के 3 घंटे में लिखने के तुरंत बाद भूल जाना। अगर इससे ज्यादा टाइम तक आपको अपना पढ़ा हुआ याद रहता है, तो बंदा हिंदुस्तान के किसी भी कोर्स के लिए तो फिट हो सकता है लेकिन इंजीनियरिंग उसके लिए नहीं है। एक बड़ी अजीब चीज हुई देश में LPG (liberalization, privatization & globalization) के बाद। सन् 1991 में देश में ऐसा हुआ, जिसका कुल मिलाकर इतना मतलब था कि बाहर वाली बड़ी कंपनियाँ हमारे देश में एक दुकान डालेंगी और चूँकि यहाँ मजदूर सस्ता था तो यहाँ लाखों skilled मजदूरों को नौकरी मिलेगी। हालाँकि ऐसी भी कई दुकानें खुलीं जिसमें skilled का मतलब कई बार केवल एक स्किल से होता है और वो थी अंग्रेजी। सन् 1991 से पहले कम-से-कम education को किसी ने business की नजर से नहीं देखा था। बहुत सारे पढ़े-लिखे businessmen को एकदम से education में business दिखने लगा और उनलोगों ने skilled मजदूर बनाने वाली एक factory डाली। जिसको बहुत सुंदर-सुंदर fancy नाम दिए। 'फलाना' कॉलेज ऑफ इंजीनियरिंग या फिर कॉलेज ऑफ इंजीनियरिंग 'फलाना'। इंजीनियरिंग कॉलेज की बाढ़ आ गई देश में। कुकुरमुत्ते जैसे गली-गली इंजीनियरिंग कॉलेज उग आए। जिनको बस मजदूर बनाने से मतलब था। इस बात से कोई मतलब नहीं था कि पढ़ने वाले बच्चे नौकरी कहाँ करेंगे। उनका काम था मजदूर बनाना, तो वो ISO certified कॉलेज में एक के बाद एक बैच को मजदूर बनाना शुरू कर चुके थे। वैसे तो देश में पहले से बहुत से IIT थे लेकिन जितने मजदूरों की जरूरत थी वो कमी सभी IIT वाले मिलकर भी पूरी नहीं कर

सकते थे। IIT वालों का ऐसे तो दुनिया भर में तमाम चीजें बनाने को लेकर बड़ा नाम है, लेकिन हिंदुस्तान में IIT में पढ़ने वाले लड़के मुहल्ले भर के लड़के-लड़कियों को कभी motivate करने तो कभी जलील करने के काम भी आते हैं। motivate ऐसे ही कि 'फलाने भइया को देखो IIT से पढ़े हैं और अब अमरीका में dollar में लाखों कमाते हैं। तुम भी मेहनत करो और भइया जैसे बनो।' और जलील ऐसे कि 'मिश्रा जी के लड़के का फिर नहीं हुआ IIT में, दो साल से कोचिंग कर रहा था। कमजोर है पढ़ने में।'

'फलाना' कॉलेज ऑफ इंजीनियरिंग या फिर कॉलेज ऑफ इंजीनियरिंग 'फलाना'। इन नामों में ज्यादा कुछ रखा नहीं है। सबमें पढ़ने वाले लड़के-लड़कियाँ एक-से हैं। सबके सपने एक-से हैं। यही नहीं इन इंजीनियरिंग कॉलेज में अपने बच्चों को पढ़ाने वाले माँ-बाप भी एक-से हैं। सब चाहते यही हैं कि उनका लड़का या लड़की अच्छी नौकरी करे। अपने पैरों पे खड़ा हो। कंपनी के खर्चे पर अमेरिका घूमें। वगैरह-वैगेरह। 5 दिन रगड़ के काम करना और अगले दो दिन पिछले पाँच दिन की थकान मिटाना। ये ऐसी सच्चाई है जिससे हम सारे खुश हैं। लड़के खुश हैं। लड़कियाँ खुश हैं। उनके माँ-बाप खुश हैं। जिन कंपनियों में ये लड़के-लड़कियाँ काम करते हैं, वो खुश हैं।

खैर, इन सब पर बाद में आते हैं। अभी तो तरुण अपने कॉलेज के गेट के बाहर खड़ा था और गेट के दूसरी तरफ इंजीनियरिंग का final year उसके सामने खड़ा था। तरुण जब घर से चला तो घरवालों से लेकर पड़ोस वाले अंकल-आंटी सबने एक ही सवाल पूछा-

"अब तो final year है। इस साल तो placement होगा न तुम्हारे कॉलेज में?"

ये ऐसा सवाल था जो तरुण और उसके सभी बैच वाले कॉलेज के मैनेजमेंट से पिछले तीन साल से पूछ रहे थे। वो क्या! इससे पहले वाला बैच भी यही पूछते-पूछते चला गया। जब से कॉलेज खुला था तब से ये एक ऐसा सवाल था जो अंगद के पाँव की तरह गड़ा और अंगद के जैसे वहीं-का-वहीं, वैसे ही खड़ा था।

तरुण भी देश के तमाम आम इंजीनियर्स के जैसे ही एक प्राइवेट कॉलेज में था। जहाँ हर एक वो बंदा एडमिशन लेता है जिसने कोचिंग केवल IIT जाने के लिए की होती है। जहाँ कोचिंग के पहले दिन वो लड़का हिसाब लगा रहा होता है कि IIT कानपुर में अगर mechanical ब्रांच मिले और IIT दिल्ली में electrical तो कौन-सी ज्यादा सही रहेगी। ये सब हिसाब-किताब कोचिंग के पहले महीने में IIT से शुरू होता है। कोचिंग के आखिरी महीने में regional engineering college (REC, जिसको अब NIT बोला जाता है) के लिए लगाने लगता है। साल भर कोचिंग करने के बाद हालत बस ये हो जाती है कि बस अब कहीं भी एडमिशन मिल जाए। हिंदुस्तान में कभी कोई प्राइवेट इंजीनियरिंग कॉलेज में पढ़ने के लिए कोचिंग नहीं करता।

प्राइवेट कॉलेज, जहाँ प्लेसमेंट के अलावा बाकी सबकुछ किसी भी अच्छे इंजीनियरिंग कॉलेज जैसा होता है। दोस्ती छोड़कर एक भी अच्छी चीज न सिखाने वाले दोस्त, जिंदगी भर साथ न छोड़ने वाले दोस्त, कॉलेज की मेस जहाँ खाने की वजह बस एक होती है कि जितनी देर तक मेस खुलती है उतनी देर लड़के-लड़कियों को और लड़कियाँ लड़कों को बेरोक-टोक ताड़ सकें। कॉलेज के बाहर पास वाली टपरी जहाँ चाय, सिगरेट और मैगी मिलती है। जिंदगी भर याद आने वाली वो एक लड़की या बहुत-सी लड़कियाँ।

प्राइवेट कॉलेज जहाँ बंदा कभी चुपके से तो कभी घर वालों के प्रेशर की वजह से अपने first year में भी IIT-JEE का पेपर देता है और 5 point someone पढ़ते हुए ये सोचता है कि IIT में तो हुआ नहीं। जिंदगी में कभी वो no one से someone की दूरी तय भी कर पाएगा या नहीं?

कॉलेज के बाद भी कई लोग केवल इसलिए याद रह जाते हैं क्योंकि उनको पूरे इंजीनियरिंग के दौरान आपने कभी अकेले नहीं देखा होता। वो हमेशा जोड़े में ही दिखते हैं। ये लड़के और लड़कियाँ सुबह 7.30 बजे तैयार होकर मेस के बाहर मिलते हैं। 7.30 बजे इसलिए क्योंकि उससे पहले मेस नहीं खुलती। जब प्यार थोड़ा और बढ़ जाता है तो सुबह मॉर्निंग वॉक पर भी दोनों साथ ही जाते हैं। मेस खुलने पर नाश्ता करते हुए पूरी दुनिया

से बेखबर 9 बजे पहली क्लास करने के लिए जाते हैं और क्लास में कोई अच्छी-सी कोने वाले सीट देखकर बैठ जाते हैं। अच्छी सीट का मतलब जो न बहुत आगे हो कि प्रोफेसर की नजर आप पर हमेशा बनी रही और न ही बहुत पीछे हो ताकि प्रोफेसर का ध्यान बार-बार पीछे जाए। कोना केवल इसलिए क्योंकि अक्सर प्यार ऐसे ही कोने की सीटों पर तेजी से फैलता है। इसके बाद वो लंच तक बड़े ही प्यार से क्लास करते हैं। दोपहर एक बजे लंच में साथ जाते हैं और लंच के बाद फिर दुबारा क्लास में आकर बैठ जाते हैं, उसी कोने वाली सीट पर। लंच के बाद वाला सब्जेक्ट चाहे कितना भी interesting हो क्लास हमेशा बोरिंग ही लगती है। लेकिन कुछ जोड़ों को इससे फर्क नहीं पड़ता, वो वैसे ही प्यार से शाम तक क्लास करते हैं। चूँकि गर्ल्स हॉस्टल का in-time गर्मियों में शाम 7 बजे तक और और जाड़ों में शाम 6.30 बजे तक रहता है, तो दोनों मौसम के हिसाब से adjust करते हुए couples एक-दूसरे के साथ रहते हैं। शुरू में दोस्ती से बेस्ट फ्रेंड तक और शुरू होने के थोड़े दिन बाद, बेस्ट फ्रेंड से प्यार की दूरी तय करते हैं। जब एक बार प्यार की मोहर लग जाती है तो प्यार से सच्चे वाले प्यार की दूरी तय करते रहते हैं। प्यार तक की दूरी तो कई जोड़े तय कर लेते हैं लेकिन ये सच्चे प्यार वाला level आते-आते final year आ जाता है। इसीलिए इंजीनियरिंग में प्यार करना एक बात है और सच्चा प्यार करना दूसरी बात। couples आपस में क्या बात करते हैं ये तो पता नहीं, बस वो हमेशा एक-दूसरे की आँखों में आँखें डाले दिखते हैं। उनकी ये देखा-देखी डिनर के बाद भी खत्म नहीं होती। couples कॉलेज के चार साल कभी अकेले दिखे ही नहीं होते। इसलिए कभी उनमें से कोई अकेला याद भी नहीं आता है। हालाँकि ऐसे बहुत से प्यार जो कॉलेज में भरे-पूरे दिखते हैं, कॉलेज खत्म होते ही खत्म हो जाते हैं। तरुण अभी भी शिवानी के साथ प्यार के पहले level पर अटका था। शिवानी उसको बेस्ट फ्रेंड समझती थी और तरुण ये समझना नहीं चाहता था।

प्लेसमेंट, शिवानी भी प्यार करती है न, हाँ शायद करती है, शायद नहीं ? तरुण और final year के गेट के बीच ऐसे ही न जाने कितने सवाल थे। तरुण गेट के इस तरफ फलाना college of engineering में अंदर जाने

के लिए खड़ा था। गेट के दूसरी तरफ final year तेजी से गुजरने के लिए इंतजार कर रहा था और चूँकि ये कॉलेज का आखिरी साल था इसलिए लड़के से लेकर उसके माँ-बाप तक और लड़के के मुहल्ले वाले अंकल-आंटी से लेकर कॉलेज वाली गर्लफ्रेंड तक सभी को, पूरे final year से एक ही जवाब चाहिए था- "लड़के की नौकरी कहाँ लगी और लड़के का पैकेज कितना है ?"

Final Year

नौकरी कहाँ लगेगी, कितने की लगेगी, लगेगी भी कि नहीं, छोटे-मोटे, अधूरे-से प्यार, दुनिया में किसी भी चीज की टेंशन न लेने वाले दोस्त, ये सबकुछ रोज इतनी तेजी से बीत रहा होता है कि बंदा चाहकर भी सब कुछ समेट नहीं पाता। वैसे तो इंजीनियरिंग के चार सालों की लंबाई लगभग एक बराबर होती है। लेकिन final year बड़ी तेजी से गुजरता है। सब छूट रहा होता है। कॉलेज चाहे जैसा भी हो कॉलेज लाइफ मस्त होनी चाहिए और अब तो केवल एक साल बचा है। ये सब सोचकर तरुण हॉस्टल में अपने कमरे की तरफ बढ़ता है। कमरा अंदर से बंद है। नितिन, तरुण का रूममेट, गहरी नींद में सो रहा है। इतनी गहरी नींद में जितनी गहरी नींद में बंदा केवल इंजीनियरिंग के दौरान ही सो पाता है। इंजीनियरिंग के बाद नौकरी में वैसी नींद कभी आती नहीं।

तरुण बाहर से कई बार दरवाजा खटखटाता है। फिर भी दरवाजा नहीं खुलता। 4-5 बार मोबाइल पर घंटी देता है जिसकी आवाज कमरे के बाहर सुनाई भी पड़ती है लेकिन दरवाजा नहीं खुलता। थक-हारकर तरुण बाहर से नितिन को वही 2-3 गालियाँ देता है जो कि इंजीनियरिंग कॉलेज में धड़ल्ले से दी जाती हैं और इन माँ-बहन की छोटी-मोटी गालियों का कोई बुरा नहीं मानता। बल्कि जो दोस्त आपस में बेधड़क एक साँस में माँ-बहन की गाली नहीं देते, वो बाकी तो कुछ भी हो सकते हैं बस जिगरी दोस्त नहीं हो सकते। बस एक-दो मिनट गाली सुनने के बाद नितिन बिल्कुल बेफिक्री से दरवाजा खोलता है।

"इतनी देर से चिल्ला रहा हूँ।"

“हाँ तो, खोल तो रहा था।”

और ये बोलने के बाद नितिन उतनी ही बेफिक्री से दुबारा जाकर सो जाता है। तरुण अपना सामान रखकर, कमरे में फैले हुए सामान पर एक बार पूरी नजर दौड़ाकर, शिवानी को कॉल करके कैंटीन में मिलने के लिए कहता है।

Final year : कैंटीन

कैंटीन में दो हिस्से हैं। एक तरफ जहाँ लड़कों वाला पूरा ग्रुप रहता है और दूसरी तरफ वाले हिस्से में अच्छा-सा कोना देखकर वो couple बैठे होते हैं जो प्यार के दूसरे level पर होते हैं। यानी बेस्ट फ्रेंड से प्यार वाले level पर। कैंटीन के इस हिस्से को लोग प्यार से family section बोलते हैं। वो couple जो अभी couple नहीं हुए होते हैं या फिर तरुण की तरह प्यार के पहले level पर होते हैं, उनको कैंटीन के पहले हिस्से में ही बैठना पड़ता है। कॉलेज में ऐसा माना जाता है कि जब कोई बंदी कैंटीन के family section वाले हिस्से में बैठने के लिए कह दे तो इसका मतलब कि वो प्यार करना शुरू कर चुकी है। और अब लड़के को मौका, मूड और मौसम देखकर love you बोलने में देर नहीं करनी चाहिए।

तरुण कैंटीन के बाहर शिवानी का इंतजार कर रहा है। शुरू-शुरू में लड़की को जब लड़के से मिलना हो तो शाम को अकेले नहीं आती। वो अपनी बेस्ट फ्रेंड को हमेशा साथ लेकर आती है। वहीं लड़के कभी भी अपने रूममेट या बेस्ट फ्रेंड को किसी भी बंदी से मिलवाने का रिस्क नहीं लेते। ऐसे तो तरुण से शिवानी की जान-पहचान हुई ही 3rd year में थी, इसीलिए final year में आकर भी तरुण और शिवानी अभी दोस्ती के शुरू-शुरू वाले phase में ही थे। शिवानी की यही आदत तरुण को बिल्कुल पसंद नहीं थी, वो अपनी फ्रेंड अदिति को हमेशा अपने साथ लेकर आती थी और पूरी शाम तरुण को मुस्कुरा-मुस्कुराकर जबरदस्ती अदिति से बात करनी पड़ती थी। किसी भी इंजीनियरिंग कॉलेज में शाम को टहलते हुए ऐसे बहुत से लोग दिख जाएँगे जहाँ लड़कियाँ तो दो खड़ी होती हैं पर लड़का एक। लड़कों को पूरी इंजीनियरिंग में सबसे ज्यादा कुछ irritate करता है तो वो होती है,

लड़की की बेस्ट फ्रेंड। तरुण अभी ये सोच ही रहा था कि शिवानी अदिति को लेकर आ ही रही होगी, इतने में वो देखता है कि शिवानी अकेले आ रही है। शिवानी पास आकर कहती है-

"Hi"

तरुण थोड़ा लंबा "hiiiii" कहता है।

"आ गए तुम?" शिवानी पूछती है।

"हाँ। आ गया।" तरुण बताता है।

"कैसी रही ट्रेनिंग?"

"ट्रेनिंग की ही नहीं। बस सर्टिफिकेट मिल गया।"

"तुम्हारी कैसी रही?"

"बहुत बढ़िया। मेरे प्रोजेक्ट गाइड बहुत अच्छे थे। अच्छा learning experience रहा।" शिवानी अपने बाल सही करते हुए बोली।

तरुण ने मन-ही-मन उस प्रोजेक्ट गाइड को कोसा। किस बात पर ये कोई बताने वाली बात नहीं। फिर बोला-

"कहीं बैठे?"

"हाँ।"

तरुण ने बड़ी उम्मीद से कैंटीन के family section वाले हिस्से को देखा जहाँ वो couples बैठते हैं। क्योंकि पहले हिस्से में कोई जगह खाली नहीं दिख रही थी। शिवानी ने भी इधर-उधर देखा और तरुण को family section की ओर इशारा करके बोली-

"उधर बैठते हैं।"

तरुण को मन-ही-मन बड़ा अच्छा लगा। किस बात का अच्छा लगा इसमें बताने वाली कोई बात नहीं है।

तरुण इस हिस्से में पहली बार बैठ रहा था और उसको वहाँ अपने चारों ओर बैठे हुए couples को देखकर ये एहसास हुआ कि इस हिस्से में इतना सुकून है! जबकि कैंटीन के दूसरे हिस्से में हमेशा कितना शोर होता रहता है! तरुण इतने दिनों से इंतजार में था कि वो शिवानी से अकेले में मिल पाए

लेकिन आज जब शिवानी सामने अकेले बैठी हुई थी तो सारी बातें खत्म हो चुकी थीं। बहुत जोर डालने के बाद भी, तरुण को कुछ भी बोलने लायक सूझ नहीं रहा था। शिवानी एकदम चुप थी और सामने बैठे एक couple को देख रही थी जो कुछ ज्यादा ही close हो रहे थे। लड़का, लड़की के हाथ को पकड़कर भूल गया था और लड़की भी ये भूल गई थी कि लड़के ने हाथ पकड़ रखा है। ऐसे ही भूलने-भुलाने को प्यार कहते हों शायद। ऐसा तरुण अभी सोच ही रहा था इतने में सामने बैठे couple को ज्यादा ही पास आते देखकर शिवानी बोली-

"अजीब लोग हैं! कंट्रोल नहीं कर सकते?"

"क्यों करे कंट्रोल?" तरुण ने बिना एक भी सेकंड गवाएँ बोल दिया।

"क्या मतलब?"

"मतलब-वतलब कुछ नहीं। मैं बस ये कह रहा था कि तुम सही कह रही हो कि कंट्रोल करना चाहिए।"

"नहीं, तुम ये नहीं कह रहे थे।" शिवानी ने थोड़ा-सा, एकदम थोड़ा-सा मुँह बनाते हुए कहा।

"अरे यही कह रहा था!"

"लड़कों को तो ये सब पसंद होता ही है।" शिवानी ने सामने couple को देखकर थोड़ा और मुँह बनाते हुए कहा।

तरुण को समझ आ चुका था, उससे गड़बड़ हो गई है। उसने बात बदलने के लिए पूछा-

"कॉफी?"

"हाँ।"

"कौन-सी?"

"कौन-सी तो ऐसे पूछ रहे हो जैसे यहाँ बहुत सारी मिलती हों!" शिवानी अभी भी आस-पास लोगों को बेधड़क भूलते-भुलाते देखकर गुस्सा हो रही थी।

"अरे, हॉट या कोल्ड!"

"कोल्ड।"

तरुण वहाँ से कॉफी लेने गया। ऐसा पहली बार हुआ था कि वो कैंटीन में अकेले शिवानी के साथ बैठा था। उसने काउंटर पर जाकर 100 रुपये का नोट आगे किया और बोला–

"भइया, 2 कोल्ड कॉफी।"

काउंटर वाला बंदा अभी बिल काट ही रहा था इतने में पीछे से आवाज आई–

"तीन कर देना भइया और पैसे इसी में से काट लो।" नितिन जी भर सोने के बाद कैंटीन में आ चुका था।

"उठ गया तू?" तरुण ने पूछा।

"नहीं, अभी सो रहा हूँ। क्यों गाली खाने वाले सवाल पूछता है!" नितिन ने बेफिक्री से पूरे कैंटीन भर की लड़कियाँ ताड़ते हुए कहा।

लड़कियाँ ताड़ते-ताड़ते नितिन की नजर सामने शिवानी पर गई। उसको देखते ही नितिन बोला–

"कहा था बोल दे। वो देख शिवानी उधर family section में बैठी है। लेकिन कोई लड़का साथ दिख नहीं रहा वहाँ।"

"किसी के साथ नहीं, वो मेरे साथ है।"

नितिन ने तरुण को ऊपर से नीचे तक देखा और बोला–

"वाह बेटे! हिम्मत हो ही गई आज। गर्ल्स हॉस्टल के in-time के बाद इसकी पार्टी होगी आज।"

"पार्टी काहे की?"

"साले, शिवानी के साथ family section में बैठने की पार्टी। चल अभी जा।"

तरुण कॉफी लेकर शिवानी के पास आ गया। सामने वाले couple को जितना क्लोज तरुण छोड़कर गया था वो उससे और ज्यादा क्लोज आ चुके थे।

"अदिति नहीं आई?"

"हाँ, उसकी ट्रेनिंग एक वीक और बची हुई है। तो next monday आएगी।"

ये सुनकर तरुण बहुत खुश हुआ कि इस हफ्ते वो रोज शिवानी से शाम को मिल पाएगा।

"तुम्हारा क्या प्लान है आगे का?" शिवानी ने सामने वाले couple से नजर हटाते हुए कहा।

"प्लान तो बस ये है कि एक जॉब और वो भी electronics की किसी कंपनी में।"

"और तुम्हारा?"

"मुझे तो MBA करना है।"

"क्यों?"

"ऐसे ही। बस एक बार में सारी पढ़ाई कर लूँ। अगर जॉब करने लगूँगी तो घर वाले तुरंत शादी के लिए प्रेशर डालने लगेंगे।"

"MBA करने का तुम्हारा reason बड़ा ही सही है।"

"तुम नहीं समझोगे।"

"वैसे एक बात बताओ?"

"क्या?"

"घरवालों की मर्जी से ही शादी करोगी न तुम तो?"

सवाल से शिवानी थोड़ा चौंकी और सामने couple की ओर देखकर बोली-

"पता नहीं। कुछ कह नहीं सकते। शायद हाँ।"

"शायद..." तरुण ने बड़ी उम्मीद से पहले सामने वाले couple को देखा फिर ग्लास में बची हुई कॉफी को देखकर कहा।

"शायद नहीं पक्का और वैसे भी हम कहाँ शादी-वादी की बात करने लगे। प्यार-व्यार के लिए टाइम नहीं है मेरे पास।" शिवानी ने कहा

"टाइम से याद आया। in-time होनेवाला है तुम लोगों के हॉस्टल

का?''

गर्ल्स हॉस्टल का in-time होने में बस 10 मिनट बचे थे। सामने वाले couple के पास भी बस आखिरी कुछ मिनट बचे थे और इस बात का एहसास उनको काफी अच्छे से था। इसलिए उन्होंने बाकी बचे हुए मिनटों का, जितना भी सदुपयोग हो सकता था, उतना किया।

तरुण ने शिवानी को उसके हॉस्टल छोड़ा। ऐसा पिछले 3 साल में पहली बार हुआ था कि उसने गर्ल्स हॉस्टल को इतने पास से देखा था। अदिति से उस दिन वो पहली बार खुश हुआ कि चलो इसी बहाने उसे एक हफ्ते का टाइम तो मिला। वो शिवानी को छोड़कर अपने हॉस्टल लौट ही रहा था कि रास्ते में नितिन मिल गया और बोला–

''अब हॉस्टल नहीं जाना है। चल कैंटीन में।''

''क्यों?''

''भाई, शिवानी के साथ family section में बैठ के बात हो गई आज तो। शिवानी के साथ कोल्ड कॉफी पीने की पार्टी।''

''कोई पार्टी-वार्टी नहीं।''

''ऐसे कैसे नहीं! अब वैसे भी इतने दिनों से घर का खाना खा रहे थे, आते ही मेस का खाना नहीं खा पाऊँगा।'' नितिन की इस बात से तरुण भी राजी था।

''चल अच्छा, चलते हैं।''

दोनों वहाँ से दुबारा कैंटीन गए। कैंटीन में ऑर्डर देते ही नितिन ने पूछा–

''क्या बात हुई। बोल दिया फिर शिवानी को?''

''क्या बोल दिया?''

''अबे प्रपोज किया कि नहीं?''

''नहीं।''

''क्यों बे, फट्टू साले! बोलना था न!''

''अबे उसके पास प्यार-व्यार के लिए टाइम नहीं है।''

"टाइम नहीं है क्या मतलब, प्यार कोई पढ़ाई थोड़े है कि टाइम निकाल कर करेगी। तू ये बता बात क्या हुई ?"

"बस यही बात हुई।"

"अबे एक घंटे में ये एक लाइन की बात हुई। पूरी बात शुरू से बता।" नितिन ने खाने और बातों दोनों में बराबर मजा लेते हुए कहा।

इसके बाद तरुण ने एक-एक चीज को ठीक वैसे ही और उतनी ही देर में बताया, जितनी देर में वो हुई थीं। पहले शिवानी आई उसने पूछा आ गए तुम तो मैंने कहा हाँ, आ गया...blah blah blah

Final year : Lecture

इंजीनियरिंग के final year में आते ही पूरा कॉलेज तीन खेमों में बँट चुका होता है। सबसे पहले और सबसे ज्यादा वो लोग जिनको ये समझ में आ चुका होता है कि आगे वो किसी भी प्रकार का educational अत्याचार नहीं झेल सकते, इसलिए वो इंजीनियरिंग के बाद एक नौकरी चाहते हैं। दूसरे वो लोग होते हैं जिनके मन से अभी भी IIT में पढ़ने का कीड़ा मरा नहीं होता तो वो सोचते हैं कि कोई बात नहीं इंजीनियरिंग IIT से नहीं हुई तो क्या हुआ M.Tech. ही IIT से हो गया तो पूरी उम्र लोगों को बता पाएँगे कि फलाना IIT से पढ़ाई की थी। और पलट के कौन ही पूछने आएगा कि B.Tech. या M.Tech, क्या किया था आपने। इसलिए वो GATE नाम के इम्तिहान की तैयारी में जुट चुके होते हैं। तीसरी कैटेगरी उन लोगों की होती है जो बात-बात में 'fuck man' और 'what the fuck' मंत्र का जाप करते हैं। अपनी अँग्रेजी और लॉजिकल रीजनिंग को अच्छा मानते हैं। उनको लगता है कि उन्होंने खुद काम करने के लिए नहीं बल्कि लोगों से काम कराने के लिए धरती पर अवतार लिया है। ऐसे लोग रोज अँग्रेजी के ऐसे 10 नए और कठिन शब्द Barron's GRE word list नाम के महाग्रंथ से रटने को ही MBA की तैयारी मानकर अपने आप को CAT के इम्तिहान के लिए तैयार करने लगते हैं।

final year के पहले lecture में ऐसे ही तीन खेमों में बँटी हुई क्लास

में प्लेसमेंट हैड मिस्टर रघुवंशी आते हैं और बताते हैं कि मार्केट की हालत बहुत खराब है। प्राइवेट कॉलेज के प्लेसमेंट हैड के लिए मार्केट हमेशा ही खराब रहता है। फिर वो आगे बताते हैं कि बावजूद इसके मार्केट बहुत खराब है, उनके personal contacts की वजह से कुछ सॉफ्टवेयर कंपनियाँ आने को तैयार हुई हैं। electrical, mechanical और electronics की कोई भी कंपनी आए इस बात के chances बहुत ही कम हैं। इसलिए जो भी सॉफ्टवेयर कंपनियाँ आ रही हैं उसमें सभी ब्रांच के लोग बैठ सकते हैं। इस बात से कोर ब्रांच यानी electrical, mechanical और electronics वाले कुछ लड़के बहुत नाराज होते हैं क्योंकि उनको अपनी ब्रांच में ही नौकरी चाहिए होती है और कुछ लड़के जिनको 3 साल में इन ब्रांचों में पढ़ने के बावजूद इन subjects से कोई भी आइडिया नहीं हुआ होता है, वो खुश होते हैं। उधर दूसरी तरफ कम्प्यूटर साइन्स से पढ़ने वाले लोग बहुत नाराज होते हैं कि असली सॉफ्टवेयर की पढ़ाई उन लोगों ने की और बाकी ब्रांच वाले प्लेसमेंट में उनकी सीट खा जाएँगे।

तरुण इलेक्ट्रॉनिक्स में था और उसको अपनी ब्रांच में ही नौकरी चाहिए थी। लेकिन उसने सोचा, एक बार कोई भी जॉब हाथ में आ जाए तो इलेक्ट्रॉनिक्स के लिए फिर walk-in में फाइट मारेगा। नितिन तरुण के साथ ही क्लास में बैठा था और रघुवंशी की बात सुनकर तरुण से बोला–

''ये बेवकूफ बना रहा है। Last year वाले बैच से भी final year के पहले दिन यही बोला था इसने।''

ये सुनकर तरुण बोला– ''फिर ?''

''फिर क्या, जितने दिन कॉलेज बचा है मस्ती से काटते हैं। कॉलेज के बाद walk-in देंगे।''

''नहीं बे, नौकरी तो चाहिए ही वो भी कॉलेज में रहते हुए। बिना नौकरी मैं घर कैसे जाऊँगा।''

''घर कैसे जाऊँगा! अबे आजतक तो जैसे हर बार नौकरी ले के ही जाता था।''

''मजाक वाली बात नहीं है। एजुकेशन लोन भी है मुझ पर।''

ये बोलकर तरुण थोड़ा उदास हो गया था। रघुवंशी अपनी बात खत्म कर चुका था और पढ़ने वाले लड़के-लड़कियों ने रघुवंशी को चारों ओर से घेर लिया था। पूछ रहे थे कि वो प्लेसमेंट की तैयारी कैसे करें और रघुवंशी खूब सारे लड़के-लड़कियों के बीच घिरा हुआ खुद को बड़ा VIP समझ रहा था।

नितिन मौके की नजाकत को समझते हुए तरुण को कैंटीन ले गया और एक दिन पहले की कोल्ड कॉफी का थोड़ा-सा उधार चुकाते हुए, खुद ही 2 कप चाय ले आया। तरुण अभी भी चुप था और थोड़ा tensed लग रहा था। नितिन कैंटीन में family section वाले हिस्से को तेजी से स्कैन कर रहा था और स्कैन करते-करते बोला-

"सुबह से ही चुम्मा-चाटी चालू कर देते हैं साले, असली इंजीनियरिंग तो यही लोग कर रहे हैं।"

ये सुनकर तरुण ने भी आँख उठाकर family section की तरफ वो देखा जो नितिन दिखा रहा था और वहाँ से नजर हटाकर बोला-

"अबे छोड़ यार, यहाँ मुझे नौकरी की टेंशन है और तू ये सब दिखा रहा है।"

"देख ले भाई। ये सब कॉलेज के बाद नहीं दिखेगा।" नितिन ने और जोर से family section स्कैन करते हुए कहा।

ये सुनकर तरुण ने भी एक मिनट को एजुकेशन लोन, प्लेसमेंट से अपना ध्यान हटाकर family section पर ही अपने तन और मन को फोकस कर दिया। 10 मिनट बाद नितिन ने याद दिलाया कि अगली क्लास का टाइम हो गया है। दोनों क्लास में आए लेकिन प्रोफेसर आए नहीं।

इंजीनियरिंग के final year के क्लास में न किसी प्रोफेसर का मन पढ़ाने में लगता है और न ही लड़कों का पढ़ने में। वैसे भी इंजीनियरिंग की पढ़ाई नौकरी के लिए ही की जाती है, नॉलेज के लिए नहीं। ये बात लड़के भी खूब समझते हैं और प्रोफेसर्स भी। इसलिए वो बच्चों पर क्लास करने का एक्सट्रा लोड नहीं डालते हैं। mass bunk जो कि पिछले तीन साल से लड़के वैसे भी कभी-कभार कर ही रहे थे final year में उसकी frequency बढ़

जाती है। प्रोफेसर भी ये मान चुके होते हैं कि वैसे भी बेचारे बिना प्लेसमेंट के निकलेंगे यहाँ से तो लड़कों को वो पढ़ाई, क्लास और attendance जैसे छोटे-मोटे गैरजरूरी कामों के लिए ज्यादा परेशान नहीं करते।

Final year : शाम, कैंटीन, शिवानी

तरुण को समझ में आ चुका था कि जब तक अदिति नहीं आई है तब तक ही वो शिवानी से अकेले में बात कर सकता है। उसने शिवानी को शाम को मिलने के लिए बुलाया। शिवानी बताए हुए टाइम पर आ गई और कैंटीन में घुसते ही बोली-

"आज उधर family section में नहीं बैठेंगे। बहुत cheap लगता है।"

"बाहर टहलते हुए बात करें?" तरुण ने पूछा।

"हाँ।"

दोनों टहलने लगे और अभी दोनों में कोई बात शुरू नहीं हुई थी। इससे पहले कि दोनों को खामोशी की वजह से awkward लगना शुरू हो, तरुण ने बात शुरू करने के लिए पूछा-

"और, कैसा रहा दिन?"

इस पर शिवानी थोड़ा खीजते हुए बोली-

"इसके बाद ये पूछना कि आज मौसम कितना अच्छा है ना, शामें कितनी अच्छी होती हैं ना, आज बहुत अच्छी लग रही हो etc etc और हाँ, मेरा दिन ओके ओके रहा। न बढ़िया न खराब।"

ये सब एक बार में सुनकर तरुण थोड़ा बैकफुट पर आ गया। क्या बोले ये सोचकर बोलने की कोशिश कर ही रहा था इतने में शिवानी बोली-

"by the way तुम्हारा दिन कैसा रहा, final year में आकर कुछ ज्यादा ही टेंशन में लग रहे हो?"

"हाँ यार, टेंशन तो है।"

"जॉब का?"

"जॉब का, लोन का और.. बस।"

"और क्या?"

"और कुछ नहीं।"

"पक्का कुछ नहीं?"

"हाँ, पक्का।"

"कुछ भी होगा तो मुझे तो बताओगे न?"

"हाँ, और क्या!"

"किसी बंदी से लव-शव का चक्कर तो नहीं है, बताओ न?" शिवानी ने थोड़ा जोर देते हुए पूछा।

पता नहीं लड़कियाँ ऐसे सवाल पूछती क्यों हैं जिनका जवाब उनको पता होता है। लड़कियों को वैसे भी सब कुछ पहले से पता चल जाता है। ऐसा अक्सर तब होता है जब एक लड़का और लड़की जो कि अच्छे दोस्त होते हैं। उनके बात करने के दौरान कभी लड़का तो कभी लड़की कुछ बोलते बोलते रुक जाते हैं। दोनों को पता होता है कि दूसरा क्यों रुका है। लेकिन पता नहीं क्यों दोनों ही 'कुछ नहीं' बोलकर बात को बदल देते हैं। तरुण ने एक पल को सोचा कि बता दे लेकिन उसकी हिम्मत नहीं हुई। वो प्यार के कारण अच्छी दोस्त खोना नहीं चाहता था। जब भी ये choice हो कि दोस्ती और प्यार में से एक चीज बचानी हो तो लड़के अक्सर दोस्ती को बचा लेते हैं। क्योंकि प्यार के चक्कर में दोस्ती भी नहीं बचती कई बार। तरुण ने भी यही किया। उस शाम उसने शिवानी के प्यार और दोस्ती के बीच में दोस्ती को बचाना ठीक समझा।

"लव-शव होगा तो तुम्हें सबसे पहले बताऊँगा, don't worry।"

"पक्का?"

"हाँ, पक्का?"

इसके बाद तरुण चुप हो गया। 2-3 मिनट जब वो कुछ नहीं बोला तो शिवानी बोली-

"आज मौसम कितना अच्छा है ना?"

इस पर दोनों हँसे। गर्ल्स हॉस्टल का in-time होने वाला था। तरुण ने शिवानी को गर्ल्स हॉस्टल के बाहर छोड़ा। हॉस्टल के पास भी बहुत सारे couples थे जो कि in-time से पहले के आखिरी 5 मिनटों का भरपूर सदुपयोग कर रहे थे। उनको देखकर तरुण बोला-

"अजीब लोग हैं। कंट्रोल नहीं कर सकते!"

इस बात पर शिवानी बहुत जोर से हँसी और बोली-

"कल शाम कैंटीन में मिलते हैं।"

इसके बाद ये करीब-करीब रोज का सिलसिला हो गया। दोनों का रोज शाम को मिलना। तरुण का रोज कुछ बोलते-बोलते रुक जाना और कहना कुछ नहीं। फिर एक हफ्ते बाद अदिति वापस आ गई। अदिति के वापस आने के बाद, शिवानी अदिति के साथ कैंटीन में आने लगी। तरुण अदिति से हँसकर मिलता और मन-ही-मन सोचता कि फालतू में ही ये वापस आ गई। तरुण शिवानी से रोज अकेले मिलना चाहता था और अदिति ऐसा कभी होने नहीं देती थी। final year के दिन यूँ ही बीतते जा रहे थे। तरुण वहीं प्यार के पहले level पर अटका हुआ था।

Final Year : Campus Recruitment

Final year शुरू होने के करीब 5 महीने बाद ही प्लेसमेंट हेड रघुवंशी क्लास में आया और उसने announce किया कि अगले हफ्ते बैंगलुरु की एक बड़ी सॉफ्टवेयर कंपनी कैंपस में आने वाली है। वो बड़ी कंपनी इस बात के लिए फेमस है कि जिस भी कॉलेज में जाती है, वहाँ के 20-25% लोगों को ले लेती है। ये वही बड़ी कंपनी है जिसका एक बहुत ही बड़ा ट्रेनिंग सेंटर मैसूर में है जो किसी भी 5 स्टार होटल से कम नहीं है। मैसूर में ट्रेनिंग सेंटर इसलिए है क्योंकि कंपनी को प्राइवेट इंजीनियरिंग कॉलेज के पढ़ाई पर इतना भरोसा नहीं है। वो नए इंजीनियरिंग joinee को 6 महीने ट्रेनिंग देती है फिर उनका एक इम्तिहान लेती है। जो उस इम्तिहान में पास होता है उसकी नौकरी पक्की मानी जाती है। कंपनी इस बार और पिछले 6 सालों से 3.2 lacs per annum का पैकेज ऑफर कर रही है। रघुवंशी एक जरूरी बात

बाद में announce करता है-

"जिसके भी नंबर 65% से ज्यादा हैं, वो लोग written टेस्ट में बैठ सकते हैं।"

रघुवंशी के क्लास में ये announce करने के बाद से अगले एक हफ्ते एक भी क्लास नहीं होती। जो भी प्रोफेसर पढ़ाने आता तो लड़के बता देते कि कंपनी आने वाली है और वो सभी लोग शकुंतला देवी और R. S. Agarwal के साथ-साथ कंपनी के पुराने कई साल के पेपर को घोंट रहे हैं।

खैर, हफ्ते भर बाद written टेस्ट के लिए कंपनी कैंपस में आती है। कंपनी से 10 लोग आए हुए हैं जो कि एक भयंकर-सा बहुत ही लंबा presentation देते हैं। कॉलेज में कैंपस recruitment के लिए होने वाली presentation इकलौती ऐसी चीज होती है जो लाख बोरिंग होने के बावजूद बंदा बड़े ही आराम से झेल जाता है। कंपनी वाले अपने यहाँ काम करने वाले एक दो लोगों के विडियो भी दिखाते हैं जिससे पता चलता है कि हजारों लोग कैसे इस कंपनी में अपना उज्ज्वल भविष्य देखते हैं। कैसे उन तमाम लोगों ने कंपनी की सैलरी के भरोसे लोन लेकर गाड़ी से लेकर घर तक खरीद लिया है। हालाँकि ये लोन लेने वाली बात कंपनी वाले नहीं बताते। presentation में बताया जाता है कि written टेस्ट के बाद personal interview होगा। presentation की सबसे important चीज कंपनी वाले सबसे आखिरी में बताते हैं और वो होता है पैकेज 3.2 lacs per annum। ये बताते ही कंपनी वाले तुरंत ये भी जोड़ देते हैं कि

"Only join if you want to make a rewarding career"

ये सब सुनकर नितिन तरुण से कान में धीमे से कहता है-

"पैसे देते नहीं हैं। career घंटा rewarding होगा!"

इसके बाद कंपनी वालों को अलग रूम में ले जाया जाता है। जहाँ उनको उसी नए वाले कप-प्लेट में चाय और नाश्ता दिया जाता है जो कि हर बार केवल कंपनी के आने पर ही use होते हैं। इतना कम use होते हैं कि ये सालों-साल नए ही रहते हैं।

2 घंटे बाद written टेस्ट शुरू होता है। 65% के ऊपर वाले सभी लोग

टेस्ट में बैठते हैं। जिनके नंबर 65% से कम होते हैं वो लोग अपने आप को मना लेते हैं कि पैकेज बड़ा ही कम है। हो भी जाता तो उनका काम नहीं चल पाता।

टेस्ट में जाने से पहले शिवानी तरुण को All the best कहती है और नितिन तरुण को इस बात के लिए छेड़ता है कि अब तो शिवानी ने All the best बोल दिया। अब तो हो ही जाएगा। शिवानी भी written टेस्ट देती है।

टेस्ट का रिजल्ट आता है। जितने लोगों ने टेस्ट दिया होता है उसके 50% लोगों का, शिवानी, तरुण और नितिन के साथ selection हो जाता है। टेस्ट के एक घंटे के अंदर ही Personal Interview शुरू हो जाता है। नितिन को written में होने-न-होने का कोई खास फर्क नहीं पड़ता। वो बहुत ही नॉर्मल है। तरुण को अपने एजुकेशन लोन, future और शिवानी न जाने कितने सवालों के जवाब इस नौकरी में दिख रहे होते हैं, इसलिए वो अच्छा-खासा नर्वस हैं। तरुण से पहले कम-से-कम 10 लोग हैं जिनका इंटरव्यू होना है। जैसे ही कोई बंदा इंटरव्यू रूम से निकल रहा है बाकी लोग उसको घेर के पूछ रहे हैं कि क्या पूछा और बंदे थोड़ा सही, थोड़ा गलत, थोड़ा जोड़-तोड़ के बता रहे हैं कि क्या-क्या पूछा गया। हर लड़के का नंबर जैसे-जैसे आगे बढ़ता जा रहा है तरुण की बैचनी बढ़ती जा रही है। खैर, दिन में 2 बजे से बैठे रहने के बाद तरुण का नंबर आता है शाम को 8 बजे। तरुण इंटरव्यू रूम में घुसता है। वहाँ 3 लोग हैं। वो सीट की तरफ इशारा करके पूछता है-

"May I sit sir?"

"Please have a seat." एक बंदा जो बीच में बैठा है वो कहता है और resume देखते हुए दुबारा पूछता है-

"Please walk us through your resume."

तरुण अपने बारे में सब कुछ बताना शुरू करता है। ऐसे इंटरव्यू में अक्सर इंटरव्यू लेने वाले शाम तक बिल्कुल बोर हो चुके होते हैं। तभी तो वे इस तरह के सवाल पूछते हैं-

"Please tell something which is not written in the resume and please be honest."

ये जो and please be honest हैं न, बार-बार इसलिए बोला जाता है ताकि गलती से अगर बंदा बातों में आकर भूल गया है कि उसको सब सच बोलना है तो वो एक बार सोच ले और वही बोले जो इंटरव्यू crack करने के लिए ठीक हो। वर्ना ज्यादा honest होने के जो भी फायदे-नुकसान हैं वो किसी से छुपे थोड़े हैं।

ये सवाल थोड़ा tricky होता है। इंजीनियरिंग final year के लड़के इस सवाल में अक्सर अटक जाते हैं। तरुण भी इसमें अटक जाता है।

कुछ सोचकर तरुण बताता है कि उसकी पहली choice तो इलेक्ट्रॉनिक्स की कंपनी है लेकिन कैंपस में इस बार कोई इलेक्ट्रॉनिक्स की कंपनी नहीं आ रही है।

इस जवाब पर दूसरा interviewer पहले interviewer की आँखों में देखता है और बिना बोले कुछ कहता है जो कि पहला interviewer समझ जाता है। इसके बाद पहला interviewer कहता है-

"Thanks Tarun, you can go now."

तरुण भी थैंक्स बोलता है और बड़ी उम्मीद से एक बार उन तीनों की आँखों में देखता है।

तरुण को बाहर आकर समझ नहीं आता कि इंटरव्यू अच्छा गया या खराब। उसके दिमाग में अभी भी please be honest गूँज रहा था। पहला इंटरव्यू शायद ऐसा ही होता है। जब इंटरव्यू के बाद please be honest गूँजना बंद हो जाता है तब थोड़ा-थोड़ा समझ में आना शुरू हो जाता है कि इंटरव्यू अच्छा गया या खराब। तरुण को लगता है कि उसको इलेक्ट्रॉनिक्स की कंपनी में जॉब वाली बात नहीं बोलनी चाहिए थी।

रात में 11 बजे तक सारे इंटरव्यू खत्म होते हैं और 1 बजे लिस्ट announce होती है। जिस बंदे ने presentation दी होती है वो आकर बताता है-

"ये कोई दुनिया का आखिरी इंटरव्यू नहीं था। अब आप लोग real

world में enter होने जा रहे हैं। हम लोगों ने कोशिश की है कि ज्यादा-से-ज्यादा जॉब ऑफर दिए जाएँ blah blah..."

वो बंदा रात के 1 बजे रिजल्ट announce करने से पहले आधे घंटे का ग्लोबल ज्ञान देता है। रघुवंशी वहीं स्टेज पर खुश हो रहा होता है कि उसके personal contacts की वजह से ये लोग आज आए हैं। नाम alphabetical ऑर्डर में announce होना शुरू होता है। एक-एक नाम पर ताली बजनी शुरू हो जाती है।

वो जिनके भी नाम A से शुरू होते हैं वो पूरी इंजीनियरिंग के दौरान अपने घरवालों को कोसते हैं कि किसी और अल्फाबेट से नाम नहीं रख सकते थे क्योंकि practical exam के viva में उनका नंबर हमेशा पहले आ जाता है। वो बाकी लोगों से पूछ नहीं पाते कि क्या-क्या पूछा जा रहा है। आज ऐसे लोग पहली बार खुश होते हैं।

A अल्फाबेट वाले नाम announce होते हैं अदिति का नाम पुकारा जाता है और एकदम से B से नाम आने शुरू हो जाते हैं तो बचे हुए A नाम वाले लोग समझ लेते हैं कि उनका नहीं हुआ है। करते-करते बात N पर आती है। नितिन का नहीं होता। बात S अल्फाबेट पर आती है। शिवानी का हो जाता है। शिवानी का नाम सुनकर तरुण जोर से ताली बजाता है फिर नंबर आता है T पर। नाम announce होते हैं लेकिन तरुण का नहीं होता। तरुण का नहीं होने पर नितिन पहली बार थोड़ा सीरियस होता है। इसके बाद जिनका हुआ होता है और जिनका नहीं हुआ होता- दो ग्रुप बन जाते हैं। जिनका हुआ होता है उनको रुकने को बोला जाता है और बाकियों को जाने के लिए कह दिया जाता है। rejection ज्यादा हुए होते हैं और selection कम। जिंदगी में कई बार ज्यादा लोग मिलकर भी minority ही बनाते हैं। जितने ज्यादा लोग उतनी ही बड़ी minority।

जिनका नहीं हुआ था वो सभी चुप थे। कॉलेज में पहली बार ऐसा हुआ था कि इतने सारे लोग चुपचाप हॉस्टल की तरफ लौट रहे थे।

इंजीनियरिंग में या इंजीनियरिंग के बाद पहली नौकरी के इंटरव्यू का रिजल्ट देखकर पहली बार बंदे को समझ में आ जाता है 'please be honest' का ये मतलब नहीं है कि झूठ नहीं बोलना है। बल्कि केवल वो सच बोलने हैं जो नौकरी दिलवाने के लिए काफी हैं। हमारे अपने सच, दुनिया में चलने वाले सच और इंटरव्यू में बोले जाने वाले सच में कई बार थोड़ा तो कई बार बहुत फर्क होता है।

इस कंपनी के आने के 2 महीने बाद एक कंपनी और आती है। लेकिन उस बार cut-off 70% होता है जिसकी वजह तरुण और नितिन पहले ही राउंड में नहीं बैठ पाते। वो कंपनी केवल 5 लोगों का selection करती है।

Final Year : Last Month

उस बड़ी कंपनी और छोटी कंपनी दोनों में मिलाकर 115 लोगों के प्लेसमेंट होने के बाद पूरे साल रघुवंशी कभी दिखाई नहीं पड़ता। कॉलेज का मैनेजमेंट बहुत खुश है कि जहाँ पिछले साल केवल 50 लोगों का हुआ था पूरे बैच से तब कॉलेज के लिए डोनेशन देने वालों में जबरदस्त उछाल आ गया था। इस बार तो 115 लोगों का होने पर तो वो लोग 100% प्लेसमेंट का प्रचार कर ही सकते हैं। कॉलेज मैनेजमेंट ने अगले साल की मैनेजमेंट सीट के लिए डोनेशन बढ़ाने का सोच लिया था।

जिन लोगों का उस कंपनी में हो गया था उन्होंने क्लास में आना छोड़ दिया था। क्योंकि जिस चीज के लिए इंजीनियरिंग की जाती है वो जॉब उनके पास थी। जिनका नहीं हुआ था उन्होंने भी क्लास आना छोड़ दिया था क्योंकि उनको मालूम था कि प्रोफेसर के पढ़ाए हुए से नौकरी का कोई सीधा संबंध नहीं था।

कॉलेज के लड़के-लड़कियाँ दो खेमें बँट गए थे। एक जिनकी नौकरी लग चुकी थी। उन लोगों ने अपने future को लेकर बड़े सारे प्लान बना लिए थे। बल्कि कई सारे प्यार तो एकदम से final year में इसलिए पनप गए थे क्योंकि लड़का और लड़की दोनों का selection उसी दिन हो गया था।

तरुण ने शाम को निकलना बिल्कुल छोड़ दिया था। शिवानी और अदिति अब रोज शाम को निकलने लगी थीं। वो दोनों रोज शाम को किसी ऐसे बंदे

के साथ दिखती थीं जिसका selection हो चुका था। नितिन को अब उतनी गहरी नींद नहीं आती थी।

ऐसे ही एक शाम तरुण को किसी काम से कैंटीन की तरफ जाना पड़ा। वहाँ शिवानी और अदिति भी मिल गईं। शिवानी ने 'hi' और तरुण ने उतने ही छोटे 'hi' से जवाब दिया।

"आजकल दिखते नहीं हो। कुछ हुआ है क्या?" शिवानी ने पूछा।

"हाँ, ऐसे ही बस।"

"हम लोगों की joining date आ गई है, कॉलेज खत्म होने के एक हफ्ते के अंदर है joining। बिल्कुल भी छुट्टी नहीं मिल रहीं।" अदिति ने कहा।

"आगे का क्या प्लान है फिर?" शिवानी ने पूछा।

"कुछ नहीं यार। जॉब का ही।" तरुण ने बेमन से झेंपते हुए जवाब दिया।

"कैसे करोगे?"

"कॉलेज के बाद walk-in देना शुरू करूँगा। तुम्हारा भी MBA का प्लान था उसका क्या?"

"वो सब अब नौकरी में जा के देखेंगे, वैसे भी experience होने से MBA के selection में preference मिलती है।"

इसके बाद तरुण के पास कोई बात नहीं बची थी करने को। न ही शिवानी के पास तरुण से करने लायक कोई बात बची थी। उन दोनों की बातें बदल चुकीं थीं। तरुण वहाँ से चलने ही वाला था कि अदिति ने कहा–

"हमारी कंपनी का walk-in होगा तो बताऊँगी।"

इसके बाद अंकित नाम का बंदा वहाँ उनके पास आया जिसको अदिति और शिवानी ने बड़ा-सा hiiiiii किया। अंकित ने तरुण के वहाँ होने पर बिल्कुल ध्यान न देते हुए कहा–

"दिल्ली से मैसूर वाले टिकिट हो गए हैं। सीट नंबर 9-10 और 12 है अपना AC3 tire में। दो लोअर बर्थ है और एक मिडिल।"

"मिडिल पर तुम जाना हम दोनों लोअर बर्थ पर रहेंगे।" अदिति ने कहा और ये सुनकर शिवानी और अंकित जोर से हँसे।

तरुण के वहाँ होने न होने का कुछ मतलब बचा नहीं था। शिवानी ने उसको रोका नहीं और वो वहाँ से चल दिया। इंजीनियरिंग कॉलेज की ज्यादातर love stories ऐसे ही किसी शाम सूरज के साथ ऐसे ही किसी कैंटीन के बाहर चुपचाप डूब जाती हैं। इंजीनियरिंग के आखिरी महीने में सूरज पर love stories को साथ लेकर डूबने का लोड बढ़ता जा रहा था और वो गुस्से में रोज थोड़ा ज्यादा लाल होता जा रहा था।

Final Year : Last Week

आठवें सेमेस्टर के exam खत्म हो चुके थे। जिस-जिस ब्रांच के practicals खत्म हो चुके थे वो-वो बंदे जाते जा रहे थे। जिनकी नौकरी लग चुकी थी, वो लोग खुश थे। जिनकी नहीं लगी थी उनकी बेचैनी बढ़ती जा रही थी। ऐसे में नितिन रोज शाम को कुछ लोगों को खाने के बाद रोक लेता और मूड हल्का करने के लिए किसी एक बंदे को 3-4 बंदों के ग्रुप के साथ पकड़ लेता जिसकी नौकरी नहीं लगी होती और वो अगले दिन जाने वाला होता। उससे पूछता-

"ये बताओ कल जब घर जाओगे तब तो समान-वमान ले जाने में थक चुके होगे। घर पहुँचोगे और सो जाओगे ठीक?"

लड़का बोला- "हाँ ठीक।"

"चलो, अब तुम सो लिए। अगले दिन उठे। मम्मी ने चाय बना के पिला दी और तुमने अखबार भी पढ़ लिया, ठीक?"

"ठीक।" लड़का कहता।

"ठीक क्या यही करोगे ना? गलत बोलूँ तो रोक लेना।" नितिन हँसते हुए कहता।

"हाँ, रोक देंगे चिंता न करो।"

"अब देखो, तुमने चाय पी ली है। अखबार पढ़ लिया है। इतने में पड़ोस

वाली आंटी आएँ और तुमसे पूछें कि बेटा इस बार छुट्टी कितने दिनों की है, तो क्या बताओगे?"

इस पर वो लड़का झेंप जाता और बाकी सारे लड़के अपनी नौकरी न लग पाने को एक पल के लिए भूल जाते। कई लड़कों, जिनको नितिन ने ऐसे परेशान किया था, का तो फोन भी आया नितिन को।

"चाय पी ली है। अखबार पढ़ लिया है। अब पड़ोस वाली आंटी का इंतजार हो रहा है।"

कहने को तो ये मजाक था। लेकिन इस बात पर हँसने वाले सभी लड़के मन-ही-मन पहली बार अपने ही घर जाने में घबरा रहे होते। ले-दे के अपना एक घर, एक मुहल्ला, एक शहर ही तो होता है इस उम्र तक। इंजीनियरिंग से बिना नौकरी लौटने पर कॉलेज से घर की, मुहल्ले की, शहर की दूरी बहुत बढ़ जाती है।

शिवानी ने जाने से पहले तरुण को मिलने के लिए बुलाया लेकिन तरुण उस शाम के बाद से उससे मिलना नहीं चाहता था। वो अपनी तबीयत खराब होने का बहाना बनाकर नहीं गया।

आखिरी sms जो शिवानी ने किया वो था-

"Take care and be in touch"

उस दिन के बाद से शिवानी और तरुण कभी touch में नहीं रहे।

जिन पर कोई लोन नहीं था उनमें से बहुत लोग घर वापस जाकर MBA की तैयारी का मूड बना चुके थे। MBA की तैयारी की एक बात और बहुत अच्छी थी कि मम्मियाँ और पापा ये सबको बोल पाते थे-

"आजकल तो बिना MBA के कुछ होता ही नहीं है। इसकी तो एक कंपनी में लग गई थी। हमने ही कहा एक बार पढ़ाई पूरी कर लो, फिर तो पूरी उम्र नौकरी ही करनी है।"

बाकी जो MBA की जगह M.Tech करना चाहते थे उनके मम्मी-पापा बस MBA के जगह M.Tech लगाकर वही बात बोल दिया करते।

"आजकल तो बिना M.Tech के कुछ होता ही नहीं है। इसकी तो एक

कंपनी में लग गई थी। हमने ही कहा एक बार पढ़ाई पूरी कर लो, फिर तो पूरी उम्र नौकरी ही करनी है।''

बाकी जो बचते वो तरुण और नितिन जैसे लोग थे। कैंपस में जिनकी भी नौकरी नहीं लगी थी उनको बस कंपनियों के walk-in का आसरा था। तरुण जिस तरह कई सवालों के साथ final year के गेट में घुसा था उससे भी ज्यादा सवालों के साथ final year के गेट से बाहर आ चुका था। अपने सारे सामान के साथ भी वो एकदम खाली हाथ था। उसको लग रहा था कि जैसे अभी छुट्टी के बाद वो दुबारा आ जाएगा वापस। वही कैंटीन होगी, शिवानी वैसे ही बातें करेगी, नितिन वैसे ही सोता रहेगा, वैसे ही क्लासेस होंगी वैसे ही mass bunk होगा। वैसे ही सूरज थोड़ा कम लाल होकर डूबेगा। अपने आप को बार-बार समझाने के बाद भी उसको यही लग रहा था, जैसे वो इंजीनियरिंग अधूरी छोड़ कर जा रहा है। जैसे अभी final year पूरा न हुआ हो।

Walk-in

वैसे अगर देखा जाए कि IIT, NIT और प्राइवेट इंजीनियरिंग कॉलेज में सबसे बड़ा फर्क क्या है। तो वो फर्क होगा walk-in का। बड़े कॉलेज में कैंपस में ही सब की नौकरी लग जाती है तो वो लोग कभी समझ नहीं पाते हैं कि असली लड़ाई असल में कैंपस से बाहर निकलने के बाद शुरू होती है। कई कंपनियाँ walk-in इसलिए कराती हैं ताकि वो कई सारे कॉलेज के लोगों में से अपने काम के कुछ बंदे छाँट पाएँ और इस छँटनी के बाद जो पैकेज देना होता है वो कई बार कैंपस में ऑफर किए गए पैकेज से भी कम होता है। अब लड़ाई केवल एक ही कैंपस के तीन-चार सौ लोगों के बीच नहीं होती, बल्कि 2-3 हजार लोगों के बीच होती है। तरुण और नितिन ने वहीं PG ले लिया था। ऐसे ही walk-in के लिए जाना शुरू कर देते हैं।

ऐसे ही एक दिन एक सॉफ्टवेयर कंपनी के वॉक इन के बारे में खबर आती है। अगले दिन सुबह 9 बजे से रेक्रूटमेंट प्रोसेस शुरू होगा। ऐसे तो तरुण का वॉक इन में जाने का बिल्कुल भी मन नहीं है क्योंकि वो सॉफ्टवेयर

कंपनी में नौकरी नहीं करना चाहता है। लेकिन अब घर से पैसे लेने में भी बहुत खराब लगता है और रोज शाम को घर पर बात करते हुए जब मम्मी पूछती कि क्या चल रहा है तो उसके पास बताने के लिए कुछ नहीं होता। इसलिए वो मन मारकर सॉफ्टवेयर कंपनी के लिए मूड बना लेता है। तरुण और नितिन दोनों उसी शाम जाकर अपने resume के प्रिंट आउट निकलवा लेते हैं।

सुबह 9 बजे का टाइम था ये लोग 8.30 सेंटर पर पहुँचते हैं और वहाँ पहले से ही कम-से-कम 1000-1200 लोग लाइन में लगे हुए हैं। तरुण और नितिन भी लाइन में लग जाते हैं। वॉक इन देने वाले चेहरों की आपस में बहुत ही जल्द जान-पहचान हो जाया करती है। वॉक इन देने वाले इतनी अलग-अलग जगहों और अलग-अलग प्राइवेट कॉलेज से आए हैं कि लाइन को देखकर लगता है कि पूरा हिंदुस्तान लाइन में खड़ा वॉक इन दे रहा है। लाइन लगे-लगे 12 बज जाते हैं। अभी तक तरुण और नितिन का नंबर नहीं आता। एक बजे तक जितने लोगों का resume ले लिया गया था उनको रुकने के लिए बोला जाता है और बाकी लोगों को भेज दिया जाता है। आखिरी लड़का जिससे पहले वाले का resume रख लिया गया और उसका नहीं रखा गया वो गुस्से में चिल्लाने लगता है। एक दो लड़के और लड़कियाँ बेहोश भी हो जाती हैं। लेकिन वॉक इन पर कोई फर्क नहीं पड़ता है।

तरुण और नितिन दोनों का ही नंबर नहीं आता। वो दोनों वापस आ जाते हैं और अगले वॉक इन का इंतजार करने लगते हैं। एक-एक दिन ऐसे इंतजार में काटना कि कहीं से वॉक इन की खबर आ जाए, आसान तो नहीं होता। लेकिन प्राइवेट कॉलेज के बहुत से लोग ये सीख जाते हैं। इसीलिए जब वो नौकरी करते हैं तो छोटी-छोटी चीजों से परेशान नहीं होते। final year जितनी तेजी से हाथ से निकला था, वॉक इन का इंतजार करते हुए दिन उतने ही धीर-धीरे बढ़ते हैं।

करीब 25 दिन बाद एक बड़ी कंपनी के वॉक इन की खबर आती है। इस बार दोनों पहले से ज्यादा तैयार हैं। दोनों 5-5 resume हमेशा अपने पास रखते हैं। इस बार दोनों सुबह 7 बजे ही सेंटर पर पहुँच जाते हैं। अभी केवल 100-150 लोग ही वहाँ पहुँचे हुए हैं। दोनों सुबह इतनी जल्दी चले थे कि चाय भी नहीं पी पाए थे। खैर, करते-करते इन दोनों का नंबर 11 बजे

आ जाता है। resume जमा होता है और shortlisting होकर कॉल आ जाती है। लोग बहुत आ गए हैं इसलिए पहले एक written टेस्ट होता है। उसमें जो लोग पास होते हैं उनका GD (Group Discussion) होता है। दोनों का ही GD में हो जाता है और इंटरव्यू के लिए उनको सेंटर के दूसरे हिस्से में ले जाया जाता है। नितिन इंटरव्यू से पहले चाय पीना चाहता है। इसी तरह के सैकड़ों और लड़के-लड़कियों के जैसे इन दोनों ने सुबह से कुछ नहीं खाया है। कुछ लोगों को वॉक इन की इतनी आदत हो चुकी है कि वो अपने बैग में बिस्कुट, चिप्स और पानी की बोतल रखने लगते हैं। दिन के 2 बज रहे हैं। इंटरव्यू एक घंटे बाद से है। दोनों बाहर जाकर लंच करके आने के लिए पूछते हैं तो HR वाली बंदी नाराज हो जाती है। दोनों वहीं बैठकर इंटरव्यू का इंतजार करते हैं। कॉलेज वाले इंटरव्यू के बाद, तरुण और नितिन का ही पहला इंटरव्यू है। तरुण ने सोच लिया है कि इस बार जब please be honest पूछा जाएगा तो उसको क्या सच बोलना है। नितिन भी कम नींद आने की वजह से जितना बेफिक्र हुआ करता था उससे कम बेफिक्र है। सुबह से चाय न मिलने से थोड़ा बैचन हो रहा है।

इंटरव्यू शुरू होता है। तरुण इस बार सारे वही जवाब दे रहा था जो एक सॉफ्टवेयर इंजीनियर को देना चाहिए। नितिन भी वही जवाब दे रहा है जो कि Interviewer को सुनने में अच्छा लगता है। इंटरव्यू देने-दिलाने के चक्कर में शाम के 6 बज चुके हैं। बहरहाल, रिजल्ट आता है 9 बजे। बाहर एक प्रिंटेड लिस्ट लगा दी जाती है। बड़ी मुश्किल से साढ़े नौ बजे तक दोनों पूरी लिस्ट को देख पाते हैं। नितिन का आज हो जाता है और तरुण का फिर नहीं होता।

सुबह से दोनों ने कुछ नहीं खाया है। दोनों वहाँ से निकलकर एक होटल में जाते हैं। नितिन पहले 2 कप चाय पीता है। तरुण उदास नहीं है बल्कि वो नितिन के लिए खुश है। वो जमकर खाना खाते हैं और नितिन अगले दिन जॉब की पार्टी देता है। इस कंपनी में पैकेज 2.5 lacs per annum है। लेकिन नितिन को इससे ज्यादा फर्क नहीं पड़ता।

दिन धीरे-धीरे खिसकता रहता है। तरुण सॉफ्टवेयर कंपनी के वॉक इन

देता रहा है। कभी written में तो कभी इंटरव्यू में वो लगातार reject होता रहता है। नितिन की joining में टाइम है, फिर भी वो केवल हफ्ते भर के लिए घर जाता है और वापस आ जाता है। तरुण अकेला न पड़ जाए शायद इसलिए। नितिन अभी भी jobs की websites पर उतना ही टाइम बिताता है। अब वो इलेक्ट्रॉनिक्स की कंपनियाँ ढूँढ़ता रहता है। ढूँढ़ते-ढूँढ़ते उसे अपने स्कूल का एक दोस्त मिलता है जो एक इलेक्ट्रॉनिक्स कंपनी में काम करता है। कंपनी केवल एक साल पुरानी है और उसमें केवल 25 लोग काम करते हैं। वो तरुण को उस कंपनी में अप्लाई करवाता है। कंपनी में जो opening है उसमें पैकेज केवल 1.50 lacs per annum है। तरुण वहाँ इंटरव्यू के लिए जाता है। वो अब इतने सारे इंटरव्यू दे चुका है कि हर इंटरव्यू ऐसे फेस करता जैसे कि कौन-सा हुआ जा रहा है। इंटरव्यू शुरू हुआ और पहले सवाल से ही उन लोगों ने इलेक्ट्रॉनिक्स के बहुत सारे सवाल पूछे। तरुण कुछ सवालों के जवाब दे पाया। कुछ के नहीं।

Interviewer ने उससे आखिरी सवाल पूछा-

"ये कंपनी क्यों join करना चाहते हो?"

तरुण इंटरव्यू में जो सच बोले जाते थे, वो बोल-बोल के थक चुका था। और वैसे भी उसको बहुत उम्मीद थी नहीं। उसने कहा-

"सर, प्रोफाइल मुझे बहुत पसंद है और मुझे मेरी कोर ब्रांच वाला काम भी मिल रहा है। वैसे तो ये मैं आज से पहले पता नहीं कितने इंटरव्यू में बोल चुका हूँ। सच बात ये है कि अभी तक मैं ये सब सॉफ्टवेयर की कंपनियों के इंटरव्यू में बोला करता था आज पहली बार किसी इलेक्ट्रॉनिक्स की कंपनी में बोल रहा हूँ।"

ये बोलने के बाद तरुण के मन में आया कि बोल दे 3 महीने बाद से एजुकेशन लोन की EMI भी शुरू हो रही है। लेकिन इस बारे में वो कुछ बोला नहीं।

उसको बाहर इंतजार करने के लिए कहा गया। कंपनी छोटी थी तो कोई HR वाली बंदी थी नहीं वहाँ शायद। थोड़ी देर में जिस बंदे ने उसका इंटरव्यू लिया था उसने तरुण को बुलाकर बधाई दी और कहा-

"Welcome to the i-Tronix Labs. Wish you all the best, अगले monday से आ सकते हो न?"

Offer letter को तरुण ने ऊपर से नीचे तक कई बार पढ़ा। वहाँ से निकलकर उसनें घर पर फोन करके सबको बताया। अगला फोन नितिन को किया और नितिन ने फोन पे ही बोला–

"भाई आज तो रात भर दारू पार्टी होगी।"

वो PG पहुँचा तो नितिन ने उसको बहुत जोर से गले लगाया और चिल्लाया–

"साले फोड़ दिया ना! मुझे तो पता था कि तुझसे सॉफ्टवेयर कंपनी में काम नहीं होगा।"

नितिन पहले से ही दारू की बोतल ला चुका था और बोतल खोलते हुए बोला–

"इस दारू के पैसे उधार रहे। इसके पैसे पहली सैलरी से दे दियो।"

कम लोग और छोटी कंपनियाँ अक्सर वो कर दिखाते हैं जो हजारों समझदार लोगों की भीड़ नहीं कर पाती। तरुण के join करने के 6 महीने के भीतर ही कंपनी को बाहर का बहुत बड़ा प्रोजेक्ट मिल गया। वही प्रोजेक्ट जिसके लिए तरुण ने दिन रात एक कर रखा था। छोटी कंपनी का एक फायदा ये भी था कि वहाँ प्रमोशन के लिए appraisal cycle का लंबा इंतजार नहीं करना पड़ता। तरुण के 6 महीने में confirm होते ही कंपनी ने उसका पैकेज 4.5 lacs per annum कर दिया। बैच में ये खबर आग की तरह फैली कि तरुण का पैकेज 4.5 lacs per annum हो गया है। मैसूर में जो लोग ट्रेनिंग कर रहे थे, उनको उस दिन पहली बार अपना पैकेज कम लगा।

इसके बाद न जाने कितनी ही बार तरुण और नितिन ने साथ में दारू पी। लेकिन वो नौकरी लगने वाली दारू की उस बोतल के पैसे आज भी तरुण पर उधार हैं। 10 सालों में वक्त लंबी दूरी तय कर चुका है। तरुण अब मि. T. K. पुरोहित हो चुका है। शिवानी खो चुकी है। नितिन की दोस्ती हर बीतते साल के साथ कितनी बढ़ चुकी है, ये न लिखा जा सकता है न बोल कर बताया जा सकता है।

मि. पुरोहित वहाँ से बहुत आराम से चलते हुए कॉलेज के हर एक कोने को देखते हुए कैंटीन तक जाते हैं। वहाँ जाकर कैंटीन में बैठे हुए हर एक लड़के-लड़की को ध्यान से देखते हैं और काउंटर पर जाकर एक कोल्ड कॉफी ऑर्डर करते हैं। कॉफी लेकर एक ऐसी जगह बैठ जाते हैं जहाँ से पूरी कैंटीन दिख सके। तभी उनका मोबाइल बजता है लेकिन वो फोन नहीं उठाते। बस चुपचाप कैंटीन के शोर को सुनने लगते हैं। कैंटीन के शोर में एक बड़ी अजीब बात होती है, उस शोर में न जाने कितने लोगों की न जाने क्या-क्या बातें रोज जुड़ जाती हैं। लेकिन शोर बढ़ता नहीं उतना ही रहता है। चुपचाप किए जाने वाले लैक्चर से कैंटीन का शोर ही कभी कम तो कभी ज्यादा राहत देता रहता है।

हमारे अंदर बीते हुए हम और बीते हुए साल अलग-अलग shape और size में पता नहीं कहाँ दबे पड़े रहते हैं। ये शोर मि. T. K. पुरोहित के अंदर के तरुण को बहुत राहत दे रहा होता है कि इतने में प्लेसमेंट हेड आकर मि. पुरोहित को कहता है-

"सर, 2 घंटे हो गए। सब लोग हॉल में आपका इंतजार कर रहे हैं।"

मि. T. K. पुरोहित की कॉफी वैसी-की-वैसी ही होती है। वो कॉफी को वैसे ही छोड़कर प्लेसमेंट हॉल में जाते हैं। वहाँ प्लेसमेंट टीम वाले उनके presentation के लिए projector सही कर रहे हैं और प्लेसमेंट हेड मि. T. K. पुरोहित के बारे में बता रहे हैं। हालाँकि मन-ही-मन उसको ये पता है कि उसके contacts के बिना ये कंपनी आई है। फिर भी वो बताता है कि उसके personal contacts की वजह से कंपनी आई है। वो आगे बताता है कि कंपनी 5 लोगों का selection करेगी। इसके बाद मि. पुरोहित को बुलाया जाता है कि वो आगे की process बता दें।

मि. पुरोहित projector देखते हुए कहते हैं-

"मेरे पास कोई presentation नहीं है। कंपनी के बारे में आप web-site से पढ़कर आए ही होंगे। अगर आपके कोई भी personal या professional सवाल हों तो वो आप मुझसे बेझिझक पूछ सकते हैं। पैकेज

आपको पहले ही बता दिया गया होगा। और हाँ, मिस्टर रघुवंशी ने मेरे और मेरी कंपनी के बारे में इतनी चीजें बता दीं। लेकिन वो ये बताना भूल गए कि मैंने इसी कॉलेज से आज से 10 साल पहले इलेक्ट्रॉनिक्स में इंजीनियरिंग की थी।''

ये सुनते ही हॉल में खुसर-फुसर शुरू हो गई। 2-3 मिनट की खुसर-फुसर के बाद ताली बजनी शुरू हो जाती है। मि. पुरोहित इसके बाद 1 घंटे तक लोगों के तरह-तरह के सवालों के जवाब देते रहे। उतनी देर रघुवंशी झेंपता रहा। एक घंटे बाद recruitment process शुरू होती है। मि. पुरोहित ये कोशिश करते हैं कि ज्यादा-से-ज्यादा लोगों का इंटरव्यू लिया जाए।

शाम को लिस्ट लगती है। उसमें 8 लोगों का नाम होता है। लोगों को लगता है शायद एक राउंड और हो क्योंकि कंपनी को केवल 5 लोग लेने थे। लेकिन कंफर्म करने पे पता चलता है कि 5 नहीं 8 लोगों का selection हुआ है। कॉलेज में आज पहली बार जिनका नहीं हुआ वो भी मि. पुरोहित से मिलकर खुश हैं। उस एक घंटे में मि. पुरोहित ने कॉलेज के final year के लड़के-लड़कियों को कुछ ऐसा दे दिया था जो सालों से कॉलेज शायद दे नहीं पा रहा था।

मि. पुरोहित बाहर आते हुए गेट पर एक मिनट के लिए रुकते हैं, कॉलेज को एक बार बाहर से अंदर की ओर ध्यान से देखते हैं। अब जाकर मि. पुरोहित के अंदर के तरुण को लगता है कि उसकी इंजीनियरिंग पूरी हो गई। कार में बैठकर एक फोन नंबर मिलाते हैं और दूसरी तरफ से फोन उठने पर बिना हैलो बोले कहते हैं- ''साले नितिन। कैसा है बे?''

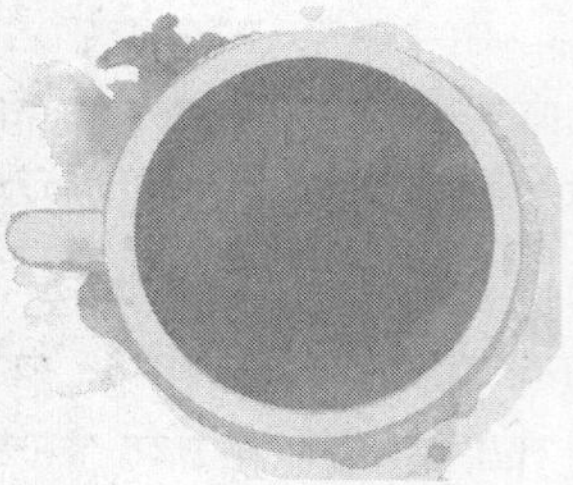

Bed Tea

गौरव और यामिनी सुबह के 6 बजे बहुत ही close encounter के बाद उठे थे। दोनों ने चादर ओढ़ रखी थी और इत्मीनान से छत की तरफ देख रहे थे। यामिनी लड़कों को लेकर बहुत ही particular थी। आखिरी बॉयफ्रेंड से ब्रेकअप इसीलिए हुआ था क्योंकि वो physically यामिनी को satisfy नहीं कर पाता था। गौरव से उसे ऐसी कोई शिकायत नहीं थी और न ही गौरव को थी। दोनों एक-दूसरे के साथ हर तरह से खुश थे।

गौरव ने लेटे-लेटे यामिनी के माथे पे किस किया और कान में फुसफुसाया-

"आज तुम्हारा टर्न है।"

"मेरा टर्न! अच्छा, कल भी मेरा टर्न और आज फिर से मेरा टर्न। आज तुम्हारा टर्न है।" यामिनी ने थोड़ा प्यार वाले गुस्से के साथ कहा।

"तुम्हारा है। मैं बता रहा हूँ ना, कल तुम 20 दिन बाद अपनी official visit से आई थी।"

"हाँ तो, उससे टर्न का क्या लेना-देना?"

"लेना देना है। जब तुम गई थी तो मैंने चाय बनाई थी। फिर जब तुम कल आई, तुम थकी हुई थी तो मैंने अपना टर्न स्किप करके चाय बना दी।"

"ओह हो हो!" यामिनी पहली बार छत से अपनी नजरें हटाकर गौरव को कोहनी मारकर बोली।

"प्यार-व्यार सब एक तरफ। पहले ही decide हो गया था। हफ्ते में 3 दिन चाय तुम बनाओगी और 4 दिन मैं।" गौरव यामिनी की तरफ करवट लेकर उसके बाल सही करते हुए बोला।

"तुम्हें बड़ा याद रहता है! वो तो तुम्हें याद ही नहीं रहता ना जब तुम देर तक ऑफिस का काम निपटा के सोते हो और सुबह बेड टी मैं देती हूँ, वो भी बिना एहसान जताए। लेकिन कोई क्रेडिट दे तब न!" यामिनी भी अब हिसाब-किताब के पूरे मूड में आ चुकी थी।

खीजकर गौरव वहाँ से उठा। किचेन में गया। चाय बनाई। चाय बना के लाया। बेड पर सर्व करने वाले टेबल पर चाय रखी और यामिनी को प्यार से उठाने लगा। यामिनी ने उठकर जैसे ही चाय का पहला घूँट पिया। गौरव ने तुरंत कमरे में दूसरी तरफ रखी टेबल से एक नोट पैड उठाया और उसमें डेट डालकर बोला-

"मैंने डायरी में नोट कर दिया है, अब से ये डायरी किचेन में रहेगी ताकि कोई confusion हो ही नहीं।"

ये देखकर यामिनी बहुत जोर से गौरव को चिढ़ाते हुए हँसी और बड़ी ही मासूमियत से बोली-

"You don't trust me. right?"

"Of course I trust you. I love you लेकिन सुबह की bed tea कौन बनाएगा ये अब से डायरी में नोट होगा, हफ्ते में 4 दिन वैसे भी मैं ही चाय बनाता हूँ।" ये कहकर गौरव चाय पीने लगा।

"3 दिन मैं भी तो बनाती हूँ। एक तो मुझे कॉफी पसंद है। केवल तुम्हारे भरोसे और प्यार की वजह से चाय पीने लगी हूँ।" इतना कहते-कहते यामिनी फिर जोर-जोर से हँसने लगी।

इसके बाद गौरव चाय पीकर आराम से अखबार पढ़ने बैठ गया। यामिनी ऑफिस जाने के लिए तैयार होने लगी। वो जब नहाकर बाहर निकली और गौरव को अखबार पढ़ते देखा तो उसने पूछा-

"आज जाना नहीं है क्या?"

"मुझे आज client के यहाँ जाना है। घर से सीधे वहीं जाऊँगा 12 बजे के आस-पास।"

फिर गौरव किचेन में गया। यामिनी को बिना बताए उसके लिए दो ब्रेड सेंककर और चाय बनाकर टेबल पर रख दिए। यामिनी अभी भी तैयार हो रही थी। वो जब निकलने लगी तो गौरव ने कहा-

"टोस्ट खाकर जाओ।"

"So nice of you."

यामिनी फटाफट टोस्ट खाने लगी। गौरव अखबार ध्यान से पढ़ने लगा। अचानक उसकी नजर मर्दाना कमजोरी वाले ad पर पड़ी। पढ़ते-पढ़ते वो बोला-

"ये ad देखो, what rubbish। इनकी दवा खाकर कोई भी सुपरमैन बन सकता है!"

"तुम तो पहले से ही सुपरमैन हो।" यामिनी ने चाय का आखिरी घूँट पीते हुए कहा।

इसके बाद गौरव और यामिनी ने एक-दूसरे को वैसे किस किया जैसा टीवी के हिंदी चैनल में नहीं दिखाया जाता।

यामिनी और गौरव दोनों ही शादी करने का मन बना चुके थे। ऐसी कोई बरसों पुरानी जान-पहचान नहीं थी दोनों के बीच। लेकिन कभी-कभी वैसा बंदा तुरंत मिल जाता है न, यामिनी को ऐसा ही लगा था जब पहली बार गौरव से मिली थी। दोनों को ही एक-दूसरे से मिलकर पहली बार में प्यार जैसा फील नहीं हुआ था लेकिन हाँ, दोनों को एक-दूसरे के साथ बड़ा ही comfortable लगता था। यामिनी को खुद पीने की आदत थी तो गौरव को बड़ा सही लगता था कि कम-से-कम घर पर पीने पर कोई लोड नहीं रहेगा। उसको arranged marriage में यही एक चीज खराब लगती थी कि जिस बंदी के साथ पूरी उम्र काटनी है उसको सही से जान-समझ नहीं पाते हैं। सही से जानना-समझना क्या होता है ये उसे सही से पता नहीं था। लेकिन बस उसे ऐसा लगता था कि arranged marriage बड़ी ही down market चीज होती है। वो सवाल बहुत करता था लेकिन उसको खुद ज्यादा जवाब देना पसंद नहीं था। दोनों का एक-दूसरे से मिलने से पहले बहुत ही तगड़ा वाला affair चल चुका था, तगड़ा मतलब बहुत तगड़ा।

दोनों करीब 6 महीने साथ रहने के बाद एक-दूसरे को और एक-दूसरे की लगभग सभी आदतें समझने लगे थे। बहुत छोटी-छोटी बातें भी जैसे कि सेक्स के बाद गौरव को बालकनी से बहुत देर तक आसमान में झाँकना अच्छा लगता था और यामिनी को सुबह उठने से पहले वाला सेक्स सबसे ज्यादा पसंद था। गौरव को सुबह-सुबह चाय चाहिए ही रहती थी और यामिनी को कॉफी। हालाँकि 6 महीने में यामिनी इतना बदल गई थी कि वो अब चाय पीने लगी थी वो भी इस शर्त पर कि हफ्ते में चार दिन गौरव bed tea बनाएगा।

गौरव और यामिनी दोनों के पैरेंट्स को इनके साथ रहने के बारे में मालूम था। यामिनी के पापा अगले हफ्ते आने वाले थे ताकि गौरव से मिलकर शादी की डेट वगैरह फाइनल कर लें। गौरव की मम्मी को यामिनी बहुत पसंद थी। दोनों ने ही अपना पहले वाला तगड़ा affair खत्म होने के बाद शादी न करने का सोच लिया था इसलिए जब दोनों ने शादी के लिए घर पर बोला तो घरवालों को यही तसल्ली थी कि कम-से-कम शादी तो कर रहे हैं। यामिनी के पापा के आने की कोई खास तैयारी घर पर नहीं हुई

थी सिवाय इसके कि दोनों ने अपने-अपने बेड दो कमरों में लगा लिए थे ताकि पापा के आने पर उनको awkward न लगे कि दोनों एक साथ सोते हैं। गौरव ने बड़ी तेजी से corporate world में rise किया था। वो बहुत ही ambitious था जैसा आजकल के सभी लड़के होते हैं, जो भी थोड़े से ठीक-ठाक कॉलेज से पढ़ लेते हैं। देखते-ही-देखते उसकी सैलरी 50 lacs क्रॉस कर गई थी। यामिनी इस मामले में बड़ी ही moderate किस्म की थी। उसके लिए सैलरी से ज्यादा work life balance important था। मार्च का आखिरी हफ्ता चल रहा था। yearly closing थी। मार्च की performance के हिसाब से अगले साल के promotion और सैलरी का फैसला होना था। गौरव ने दिन-रात एक कर दिया था। वो सब कुछ बर्दाश्त कर सकता था लेकिन अपने दोस्तों में से किसी की भी सैलरी को अपनी सैलरी के आस-पास भी नहीं देख सकता था। गौरव ने आज वाली मीटिंग के लिए जी-जान झोंक रखा था। ये मीटिंग बहुत important थी। अगर ये डील क्लिक कर जाती तो promotion पक्का था। यही सब सोचते हुए गौरव मीटिंग के लिए निकल गया।

वो जैसा सोच के गया था, मीटिंग बिल्कुल भी वैसी नहीं हुई। कुछ दिन बस आपके नहीं होते। वो दिन एक दिन के लिए आते हैं और महीनों, तो कभी-कभी सालों में गुजर पाते हैं। ये गौरव के लिए वैसे ही किसी दिन की तरह था।

डील क्यों नहीं हुई इसका कोई जवाब नहीं था गौरव के पास। उसने दिन भर ऑफिस का कोई फोन नहीं उठाया और रात में कंपनी के chairman को फोन करके बताया। chairman ने फोन पर बहुत ही उल्टा-सीधा बोला। उल्टा-सीधा में माँ-बहन की गाली भी included थी। corporate world एक मामले में बड़े ही democratic होते हैं। यहाँ छोटे-से-छोटे level से लेकर बड़े-से-बड़े level तक गालियाँ दी जाती हैं और वो भी अपने purest form में। जो ये सब झेल नहीं पाते वो अक्सर अपना रास्ता अलग ढूँढ़ लेते हैं, फिर पूरे corporate world को माँ-बहन की गाली देने लगते हैं। जो झेल पाते हैं वो आगे बढ़ते जाते हैं। हाँ, एक तीसरी category भी होती है जो गालियाँ झेल तो सकते हैं लेकिन कंपनी नहीं चाहती कि वो

और गाली झेलें। उनको pink slip, golden handshake जैसे fancy शब्दों के मतलब सही-सही समझ में आने लगते हैं। अक्सर ऑफिस की गहमा-गहमी में बहुत-सी बातें बोल दी जाती हैं जिसको बोलने वाला बोलने के बाद और सुनने वाला सुनने के बाद तुरंत भूल जाता है। गौरव भी यही समझकर chairman की बात को भूल चुका था।

जब तक रात में गौरव लौटा तब तक यामिनी सो चुकी थी। वो बालकनी में खड़े होकर बहुत देर तक अगला दिन खोजता रहा। अगले दिन सुबह उठने से पहले यामिनी ने जब उसी अलसाये अंदाज मे गौरव को छेड़ा और पास आने की कोशिश की तो गौरव ने उसे रोक दिया और थोड़ा irritate होकर कहा-

"Mood नहीं है यार।"

गौरव रात भर सोया नहीं था। वो उठा और चाय बनाने लगा इतने में पीछे से यामिनी किचेन में आँख मिचमिचाते हुए आई और बोली-

"आज मेरा टर्न था न, तुम क्यों उठ गए?"

ये सुनकर गौरव कुछ नहीं बोला। चाय उबल चुकी थी। इस पर यामिनी ने दुबारा पूछा-

"Everything all right?"

गौरव ने थोड़ी देर तक कोई जवाब नहीं दिया और अखबार खोलकर पढ़ने लगा। पेपर में उसी खबर पर उसकी नजर गई जिसमें लिखा था कि डील उनके competitor को मिल गई है। उसने पेपर उठा के फेंक दिया।

यामिनी ने कुछ पूछना चाहा भी तो गौरव ने कुछ बोलने से मना कर दिया। गौरव तैयार होने चला गया। उसके जाने के बाद यामिनी ने पेपर में वही खबर पढ़ी। गौरव सुबह 7 बजे ही तैयार होकर ऑफिस के लिए जाने लगा। यामिनी उठकर उसको दरवाजे तक छोड़ने आई और उसने गौरव के माथे पर किस करने की कोशिश की लेकिन गौरव बहुत ही अपसेट था।

इतनी सुबह ऑफिस में कोई आया नहीं था। अभी वो आकर अपनी सीट पर बैठकर सोच ही रहा था कि इतने में chairman का फोन आया-

"I hope you don't mind about yesterday's..." chairman ने कहा।

"Not at all sir, business में ऐसा होता ही है।" गौरव ने कहा।

"See Gaurav, you are talented there is no doubt about it but board members have decided that you should explore new avenue, hope you understand... business में ऐसा होता ही है।" इतना कहकर chairman ने फोन रख दिया।

गौरव को उम्मीद तो थी कि ऐसा होगा लेकिन इतनी जल्दी होगा, ऐसी उम्मीद नहीं थी। अभी गौरव सोच ही रहा था कि आगे क्या करे इतने में ऑफिस का एक बंदा आया और उसने गौरव का लैपटॉप ले जाने के लिए कहा।

गौरव इस बात से नाराज होकर चिल्लाया कि उसका कुछ personal डाटा भी है लैपटाप में, उसको कुछ टाइम लगेगा backup लेने में। लेकिन ऑफिस वाले बंदे ने कहा–

"ऊपर से ऐसा ही बोला गया है सर। सॉरी सर।"

ये सुनकर गौरव ने लैपटाप छोड़ दिया। गौरव ऑफिस से निकल गया। गौरव जब निकल रहा था तब तक ऑफिस में बहुत लोग आ चुके थे और बहुत लोग उसको morning विश भी कर रहे थे। लेकिन उसने किसी का कोई भी जवाब नहीं दिया। अपनी कार में बैठकर उसने यामिनी को फोन किया। यामिनी ने फोन उठाकर बस इतना कहा कि वो एक बहुत ही जरूरी मीटिंग में है। फ्री होते ही कॉल करेगी। गौरव ने सोचा sms करके यामिनी को सब बता दे। उसने sms लिखा लेकिन भेजा नहीं।

वो वापस घर आ गया और अपनी माँ को कॉल किया। माँ ने दुनिया भर के सारे आशीर्वाद दे दिए कि उसका बेटा सबसे आगे निकले। गौरव ने माँ को कुछ बताया नहीं। शाम को जब यामिनी लौटी तो वो बालकनी में बैठा हुआ था। घर में टीवी बहुत जोर से चल रहा था। फोन पर 40-50 unanswered calls थीं। यामिनी ने आकर लाइट जलाई। यामिनी को अभी भी पता नहीं था। वो अपने पापा के लिए शॉपिंग करके लौटी थी। यामिनी ने

आते ही गौरव को hug किया। गौरव कुछ नहीं बोला, पर यामिनी बोली–

"होता है। ऐसी बहुत-सी डील्स आएँगी।"

गौरव अभी भी कुछ नहीं बोला। यामिनी ने टेबल पर खाना लगाया और पूरे टाइम अपने पापा के आने के प्लान के बारे में बताती रही कि उनको ये घुमाना है, वो घुमाना है। तभी उसने ये भी बताया कि उसने अगले हफ्ते में छुट्टी भी ले रखी है और गौरव से पूछा–

"तुम पूरे वीक की छुट्टी तो ले नहीं पाओगे, एक दिन की तो ले लेना।"

"ठीक है।"

गौरव ने सुबह से पहली बार कुछ बोला था। ये बोलते हुए उसकी आँखों में पानी आ गया। यामिनी इन सब चीजों से बेखबर थी।

"बस सब मस्ती-वस्ती खत्म, अभी भी सोच लो शादी का। झेल पाओगे न मुझे? शादी के बाद बदल जाऊँगी मैं। late night आना बंद। समझे?" ये कहकर उसने गौरव को बहुत ही passionately किस किया जो कि गौरव को भी करना पड़ा।

गौरव समझ नहीं पा रहा था, क्या करे। यामिनी के पापा के आने में बस 2 ही दिन बचे थे। उसने सोचा कि यामिनी के पापा के जाने के बाद सब कुछ बता देगा यामिनी को। वैसे भी इतनी मुश्किल से तो उसने शादी का मन बनाया था। वीकेंड आ चुका था। सो अगले दो दिन तो वैसे भी वो घर पर ही था। समस्या सोमवार से शुरू होनी थी क्योंकि उसी दिन यामिनी के पापा आ रहे थे और गौरव को ऑफिस तो जाना नहीं था। खैर, यामिनी के पापा अपने टाइम से सोमवार को आ गए। गौरव बहुत ही formally यामिनी के पापा से मिला। ठीक वैसे ही जैसे arranged marriage में लड़के, लड़की के पापा से पहली बार मिलते हैं। यामिनी के पापा को घर लाने के बाद सैटल करके गौरव तैयार होने चला गया। घर से ये बता के चल दिया कि ऑफिस में आज बहुत काम है इसीलिए नाश्ता करने का भी टाइम नहीं है। गौरव चल तो दिया लेकिन उसको पता नहीं था कहाँ जाए। पेट्रोल पंप से टंकी फुल कराने के बाद वो शहर में ऐसे ही कार लेकर निकल गया। उस दिन सभी सड़कें उसे

खाली मिल रही थीं। जब उसको पहुँचने की कोई जल्दी नहीं थी तो वो हर जगह जल्दी पहुँच जा रहा था। सब कुछ घूमने-फिरने के बाद भी केवल 12 बजे थे। ये गौरव की जिंदगी का सबसे लंबा दिन था। ऑफिस में शाम इतनी तेजी से होती है कि लगता ही नहीं कि ऑफिस के बाहर दिन अभी भी पहले जैसे धीरे-धीरे बीतता है।

किसी तरह उसने पहला दिन काटा। शाम को वो घर पहुँचा तो यामिनी अपने पापा के साथ कहीं निकली हुई थी। वो दोनों रात में लौटे। गौरव दिन भर कार चलाकर बहुत थक चुका था। वो उनके आने से पहले ही सो गया।

Day 2

आज भी वो वैसे ही तैयार हुआ जैसे वो रोज ऑफिस जाने के लिए तैयार होता था। कार लेकर वो सबसे ज्यादा भीड़ वाली सड़क पर गया ताकि टाइम बीत जाए। एक चौराहे पर सिग्नल पर उसको वही अखबार वाला ad दिखा और उसने मन में कहा "What rubbish!"

खूब घूमने के बाद भी अभी 12 ही बजे थे। अभी एक दिन पहले दिन भर कार चलाने की थकान गई नहीं थी। उसने कार एक स्कूल के बाहर पार्क की और बहुत देर तक सोचने के बाद एक नंबर डायल किया। उधर से किसी बंदी ने फोन उठाया।

"कैसे हो?"

"ठीक नहीं हूँ, can I come?"

"sure."

इसके बाद वो एक अपार्टमेंट में पहुँचा। वहाँ का गार्ड उसे पहचानता था। उसने दुआ-सलाम किया और पूछा भी कि साहब बहुत दिनों बाद आए।

गौरव एक घर में पहुँचा। वहाँ उसी बंदी ने दरवाजा खोला जिससे उसने फोन पर बात की थी। बंदी को गले लगाने के लिए गौरव आगे बढ़ा, लेकिन बंदी ने ज्यादा भाव नहीं दिया। गौरव सामने जाकर सोफे पर बैठ गया और पूरा कमरा निहारने लगा। बंदी भी सामने आकर बैठ गई।

"क्या लोगे, चाय या कॉफी?"

"चाय।"

"मुझे लगा था तुमने कॉफी पीनी शुरू कर दी होगी, यामिनी तो चाय पीती नहीं।"

"उसने चाय पीना शुरू कर दिया है।"

इतना कहकर वो बंदी किचेन में चाय बनाने चली गई। गौरव उठकर सामने लगी शीशे की अलमारी देखने लगा और कुछ सोचकर किचेन की तरफ देखकर बोला–

"सुमेघा, चीनी मत डालना।"

किचेन से सुमेघा बोली–

"अब डाल दी। पी लेना, एक बार से कुछ नहीं होगा।"

इधर से गौरव बोला–

"तुम नहीं बदलोगी ना!"

"बिल्कुल नहीं और तुम्हारे लिए तो कभी नहीं।" सुमेघा ने चाय टेबल पर रखते हुए कहा।

सुमेघा वो बंदी थी जिससे गौरव का तगड़ा वाला affair था। सुमेघा को ambitious गौरव पसंद नहीं था। इसलिए उसने सब कुछ सही होने के बाद भी गौरव से शादी नहीं की। सुमेघा एक स्कूल में पढ़ाती थी। गौरव ने चाय पीते–पीते सुमेघा को जो–जो हुआ वो सब बताया। उसको रोज ऑफिस के लिए घर से निकलना था। वो कहाँ जाए उसे समझ नहीं आ रहा था। बहुत सोचकर उसने कहा–

"एक हफ्ते की बात है बस, यामिनी के पापा के जाने के बाद नहीं आऊँगा।"

"ठीक है।" सुमेघा ने बिना कुछ सोचे कहा।

Day 3

अगले दिन जब गौरव आया और सुमेघा चाय बनाने जाने लगी तो उसने कहा–

"तुम रहने दो, मैं बनाता हूँ।"

ये सुनकर सुमेघा तुरंत मान गई। थोड़ी देर में गौरव ने चाय सुमेघा की तरफ बढ़ाई। सुमेघा ने पहली सिप लेने के बाद कहा–

"अदरक कितनी ज्यादा डालते हो तुम!"

शाम तक दोनों एक–दूसरे को वो सब बताते रहे जो सब इस बीच छूट गया था। जैसे कि कभी मूवी हॉल में कोई फिल्म छूट जाए तो आदमी अपने पड़ोसी से पूछ लेता है। सुमेघा की जिंदगी ज्यादा बढ़ी नहीं थी और गौरव की बहुत बढ़कर रुक गई थी।

Day 4

ये दिन पिछले दिन की तरह पुरानी तमाम बातें समेटने में निकल गया।

Day 5

उधर घर पर बीच के बाकी दिनों में ऐसा कुछ खास नहीं हुआ, सिवाय इसके कि यामिनी के पापा गौरव के घर जाएँगे और जगह वगैरह फाइनल कर लेंगे। आज यामिनी के पापा के जाने का दिन था। यामिनी ने छुट्टी ले रखी थी और गौरव ने बहाना बना दिया था कि बहुत ही जरूरी मीटिंग आ गई है। उस दिन जब गौरव सुमेघा के यहाँ पहुँचा तो उसने गौरव को गले लगा लिया। दोनों बहुत देर तक कुछ नहीं बोले। थोड़ी देर बाद सुमेघा बोली–

"आज आखिरी दिन है ना?"

"हाँ।"

"I want to feel you, for the last time." सुमेघा ने गौरव की आँखों में देखते हुए कहा।

दोनों कब drawing room से bed room में आ गए पता नहीं चला। दोनों में बहुत ही passionate किस हुआ। सुमेघा ने दुबारा कहा–

"I want to feel you, गौरव।"

गौरव ने थोड़ी देर तक कोशिश की लेकिन कुछ हुआ नहीं। सुमेघा ने थोड़ी देर बाद बहुत ही प्यार से गौरव की आँखों को अपनी उँगलियों से बंद किया और कहा–

"तुमने यामिनी को अपनी पत्नी मान लिया, I'm happy for you.

''

गौरव ने चुपचाप अपने कपड़े पहने और चलने से पहले कहा–

''तुम शादी कर लो, बोझ है मुझ पर।''

''कर लूँगी, तुमसे अच्छा लड़का मिलेगा मुझे।''

बस इसके बाद गौरव के जाने तक सुमेघा ने कुछ नहीं कहा।

रास्ते भर गौरव अपने आप पर बहुत चौंका कि ये क्या हुआ उसको! यामिनी का ख्याल भी नहीं था जब सुमेघा उसको पास आने के लिए बोल रही थी। फिर मन–ही–मन उसने सोचा कि कभी–कभी कुछ दिन नहीं हो पाता कुछ भी। उसकी कोई वजह नहीं होती और वैसे भी वो बहुत टेंशन में रहा है, नौकरी और यामिनी के पापा दोनों की वजह से। उसने सोच लिया था कि घर जाकर यामिनी को सब बता देगा। ठीक वैसा ही उसने किया। यामिनी बहुत खुश थी कि शादी का सब कुछ फाइनल हो गया था। गौरव ने जब उसको अपनी नौकरी जाने के बारे में बताया तो उसने गौरव को गले लगा लिया और बहुत रोई। फिर तुरंत उसने अपने एक दो फ्रेंड्स को फोन किया। गौरव का resume माँगा। 4–5 जगह खुद ही उसका resume बना के भेजा तब सोने आई। गौरव सो चुका था अगले दिन यामिनी का भी ऑफिस नहीं था। उसने पहले उठ के चाय बनाई, गौरव को जगाया और बोली–

''उसकी 2–3 जगह बात हो गई है, जॉब का तो हो जाएगा लेकिन...''

''लेकिन क्या?''

''salary से थोड़ा compromise करना पड़ सकता है। वो भी थोड़े टाइम के लिए।''

इसके बाद यामिनी रोज सुबह उठकर ऑफिस जाने के लिए तैयार होती और गौरव दिन में घर पर अकेले रहता। दोनों बहुत कोशिश कर रहे थे लेकिन बड़ी नौकरियाँ मिलने में अच्छी–खासी दिक्कत होती है। गौरव जब भी कभी बाहर जाता तो उसकी नजर बार–बार मर्दाना कमजोरी वाले दवाखाने के बड़े–बड़े banners पर जरूर जाती। उसको ताज्जुब भी होता कि पूरे शहर में इतने बड़े–बड़े banner लगे हैं जैसे कि पूरा शहर ही impotent हो गया हो। वो बार–बार अपना ध्यान हटाता लेकिन ध्यान हटता नहीं। नौकरी गए

करीब एक महीना होने जा रहा था और करीब एक महीने से वो दोनों close भी नहीं आए थे। उधर घर से शादी की डेट फाइनल करने का प्रेशर आ रहा था। उन लोगों ने जानबूझकर घर पर गौरव की नौकरी जाने का नहीं बताया था क्योंकि दोनों शादी में कोई अड़ँगा नहीं चाहते थे।

एक दिन सुबह उसकी नींद जल्दी खुल गई। उसने यामिनी के साथ नींद में ही romance करने की कोशिश की। यामिनी को वैसे भी सुबह वाला romance पसंद था। गौरव ने कोशिश की लेकिन कुछ हुआ नहीं। वो थोड़ा परेशान हुआ और बाहर बालकनी पर जाकर बैठ गया।

यामिनी आई और उसने कहा–

"Don't worry, कभी-कभी नहीं होता और तुम इतने mental pressure में भी हो।"

"कभी-कभी की बात नहीं है।" गौरव ने बिना नजरें हटाए कहा।

उसी दिन थोड़ी देर बाद यामिनी के पास एक कॉल आया कि किसी कंपनी के CEO आज ही गौरव से मिलना चाहते हैं। गौरव तैयार होकर वहाँ पहुँचा। फ्री होकर उसने पहला फोन यामिनी को किया और बोला–

"Got the job. लेकिन salary पहले से 40% कम है।"

"कोई नहीं। कब है से joining ?"

"Coming Monday से।"

"Wow ! आज पार्टी करते हैं।"

गौरव और यामिनी बहुत खुश थे। दोनों ने क्लोज फ्रेंड्स को बुलाया पार्टी में। सबके जाने के बाद गौरव यामिनी के पास आया। लेकिन बहुत कोशिश के बाद भी कुछ हुआ नहीं। उसको मर्दाना कमजोरी वाले दवाखाने का बैनर याद आने लगा। वो उदास होकर बेड से हट गया। यामिनी थोड़ा परेशान होकर बोली–

"कोई बात नहीं, होता है कभी-कभी।"

"कभी-कभी की बात नहीं है, उस दिन सुमेघा के साथ भी नहीं हुआ।"

गौरव ये बोलकर पछताने लगा।

"तुम उसके पास गए थे?"

"हाँ।"

"क्यों?"

"क्योंकि तुम्हारे पापा के सामने नौकरी का नाटक करना था।"

"वहीं क्यों गए, मैं भी इतना परेशान थी लेकिन मैं तो कभी रोहन के पास नहीं गई?"

फिर दोनों में बहुत देर तक लड़ाई होती रही। लड़ाई में बार-बार सुमेघा का जिक्र आ रहा था। लड़ते-लड़ते यामिनी को पता नहीं कहाँ से ये ख्याल आया। उसने कहा-

"गौरव, I think we need to consult a doctor."

"कुछ नहीं हुआ मुझे।"

लड़ाई बहुत देर तक चलती रही और लड़ाई के बीच में यामिनी ने कम-से-कम 5 बार और कहा-

"गौरव, I think we need to consult a doctor."

गौरव हर बार टालता रहा। थक-हारकर यामिनी लड़कर वहाँ से चली गई और उसने अपना फोन बंद कर दिया।

गौरव ने लगातार यामिनी का फोन ट्राइ किया। थोड़ी देर बाद गौरव ने यामिनी की फ्रेंड दीप्ति को फोन मिलाया और यामिनी के बारे में पूछा। दीप्ति को यामिनी का कुछ नहीं पता था। उसने ये पूछने के बाद फोन काट दिया फिर थोड़ी देर बाद दुबारा दीप्ति को फोन मिलाया और रोहन का नंबर माँगा। गौरव ने रोहन का नंबर डायल किया लेकिन घंटी जाने से पहले ही फोन काट दिया।

गौरव बालकनी पर आकर अगला दिन ढूँढ़ने लगा। रात के करीब बारह बज चुके थे। उसने रोहन का नंबर मिलाया। दो घंटी में ही रोहन ने फोन उठा लिया। गौरव ने इतना ही पूछा-

"यामिनी वहीं है न, वो ठीक तो है?"

“यहीं है लेकिन ठीक नहीं है”, रोहन ने कहा।

“उसका खयाल रखना। अपना एड्रैस मैसेज कर दो।”

“आने की कोई जरूरत नहीं है।” रोहन ने आवाज तेज करके कहा और फोन काट दिया।

गौरव ने दुबारा फोन नहीं मिलाया और रात भर बालकनी पर बैठा रहा।

रोज सुबह उठते ही हमें लगता है कि सुबह कितनी जल्दी हो गई। अगर रात सोकर न काटी जाए तब समझ में आता है कि रोज सुबह कितनी मुश्किल से होती है।

अगले दिन सुबह रोहन के घर के किचेन में रोहन गैस पर पैन चढ़ाने से पहले पूछा–

“चाय कि कॉफी?”

यामिनी बेड से लेटे-लेटे बोली–

“कॉफी।”

फिर एकदम उसे पता नहीं क्या याद आया और वो बोली–

“कॉफी नहीं, चाय लूँगी।”

उधर गौरव का ध्यान न्यूज पेपर वाले की आवाज से टूटा। अखबार खोलते ही उसकी नजर बार-बार मर्दाना कमजोरी के दवाखाने वाले ad पर जा रही थी।

Keep Quiet

एक क्लास खत्म हुई थी। दूसरी वाली मैडम अभी आई नहीं थीं। सभी बच्चे बहुत शोर मचा रहे थे। क्लास में शोर इतना बढ़ गया कि पास वाली क्लास से अनीता गुप्ता मैम आईं और जोर से चिल्लाईं–

"Class, Keep Quiet."

उनके बोलते ही सब डर के मारे चुप हो गए।

अनीता मैम ने चिल्ला के पूछा– "Class monitor कौन है?" पूरी क्लास ने उनसे ज्यादा जोर से चिल्ला के बताया–

"Class monitor first सुरभि बाजपेई है और class monitor

second मोहित है, जो आज absent है।''

मैम ने सुरभि को खड़ा करके जोर से डाँटा-

''क्लास में monitor होते हुए भी इतना शोर हो रहा है, अगर अब क्लास से शोर आया तो तुम्हारी शिकायत क्लास टीचर से कर दूँगी, समझी। चलो अब सीट से उठो और ब्लैकबोर्ड पर उन सबके नाम लिखो जो बात कर रहे थे।''

मैम के जाने के तुरंत बाद क्लास में खुसर-फुसर होने लगी और सुरभि ने गुस्से में उठ के उन दो-चार लड़कों और एक-दो लड़कियों के नाम ब्लैकबोर्ड पर लिख दिए जो उसे बिल्कुल पसंद नहीं थे। जिनके नंबर सबसे कम आते थे। इस बात से क्लास में फिर से शोर होने लगा।

सुरभि क्लास 7th B में पढ़ती थी। धुन के साथ बैठती थी। वही उसकी बेस्ट फ्रेंड थी। दोनों साइकिल से स्कूल आती-जाती थीं। क्लास के एक-दो लड़के उनके पीछे-पीछे अक्सर स्कूल से घर तक जाते थे। जैसे इन दोनों को एक-दो लड़के घर तक छोड़ के आते थे वैसे ही क्लास की हर लड़की को कोई-न-कोई घर तक छोड़ के आता था। हाँ, कुछ लड़के ऐसे थे जो कभी-न-कभी क्लास की हर लड़की को घर तक छोड़ के आए थे। एक-दो ऐसे भी लड़के थे जो स्कूल की टीचर को भी छोड़ के आते थे। हालाँकि ऐसे लड़कों से कोई भी लड़की कभी बात नहीं करती। लड़के-लड़कियाँ तब आजकल की तरह 'hi-hello' नहीं करते थे। बस एक-दूसरे को देख के आँखें रुक जाती थीं और उस दिन का hi-hello हो जाता था। ये वो दौर था जब प्यार केवल फिल्मों में देखने को मिलता था। क्लास में किसी का भी, प्यार का कोई first-hand experience नहीं था। तब सपने भी ऐसे ही आते थे कि क्लास की लड़की को गुंडों ने पकड़ लिया है और क्लास के लड़के ने गुंडों को मार-मार के लड़की को बचा लिया। इसके बदले लड़की लड़के को देख के ऐसे मुस्कुरा देती थी जैसा फिल्मों में heroine, hero को देख के मुस्कुरा देती थी। और बस, यहीं सपना टूट जाता था। इसके आगे सपना बढ़ता ही नहीं था। सपने में बहुत कोशिश करने पर लड़की, लड़के के माथे पर किस कर देती थी बस, और शर्मा जाती थी।

धुन अपनी साइकिल से 3 बजे के आस-पास अपने घर पहुँच जाती। वैसे तो इस वक्त धुन की मम्मी का ऑफिस होता फिर भी धुन घर पहुँचकर, बस्ता बिस्तर पर फेंककर सबसे पहले मम्मी को ढूँढ़ती और 5 मिनट तक जब मम्मी नहीं मिलतीं तो अपने आप किचन में जाकर खाना निकाल लेती। टीवी ऑन कर देती और गाने सुनते हुए देखती कैसे hero, heroine को प्यार करता है।

धुन के पापा भी नौकरी में थे। जितना मम्मी पापा को मानती थीं उतना ही पापा मम्मी को मानते थे। दोनों अक्सर साथ घूमने जाते थे। धुन को अब उनके साथ जाना उतना अच्छा नहीं लगता था। उधर सुरभि की मम्मी घर पर ही रहती थीं। पूरी joint family थी घर में। हमेशा चहल-पहल रहती थी। शाम को दोनों साथ ट्यूशन जाती थीं। स्कूल वाले एक-दो लड़के वहाँ भी ट्यूशन पढ़ने आते थे लेकिन दोनों कभी किसी लड़के से बात नहीं करती थीं। लड़कों से बात करना सुरभि को पसंद नहीं था। वो class monitor भी थी तो अपने मॉनीटर होने का टशन झाड़ा करती थी।

ऐसे ही एक दिन साइकिल से स्कूल जाते हुए धुन ने सुरभि से पूछा-

"प्यार क्या होता है?"

सुरभि सवाल सुन के जोर से हँसी और बोली-

"मुझे क्या पता!"

"प्यार कब होता है?" धुन ने सवाल बदल के पूछा।

"अरे यार, मुझे क्या पता!" सुरभि ने थोड़ा खीजते हुए कहा।

"तो पता करके बता। टीवी पे, movies में, हर जगह, हर कोई इतना प्यार कर रहा है। even घर पर भी पापा ऑफिस जाने से पहले मम्मी को love you बोल के जाते हैं।"

"ओये, छोड़ न यार, प्यार-व्यार।"

"नहीं, मुझे पता लगाना है। तू कुछ हेल्प कर।"

"ठीक है, मम्मी से पूछ के बताऊँगी। ठीक? चल कोई और बात कर।"

इतना कहकर सुरभि धुन से कोर्स की किताबों और क्लास के उन लड़कियों की बात करने लगी जो उसको बिल्कुल भी पसंद नहीं थीं।

अगले दिन क्लास में सुरभि आई तो उसकी आँखें लाल थीं। एक के बाद एक क्लास में टाइम ही नहीं मिला कि धुन उससे कुछ पूछ पाती। इन्टर्वल में धुन ने सुरभि को पूछा कि क्या हुआ। सुरभि ने कुछ नहीं कहा और अपना टिफिन खोल के खाने लगी। सुबह से सुरभि ने एक भी बात नहीं की। स्कूल के बाद धुन ने साइकिल सुरभि के पास लाकर खड़ी कर दी और रोककर पूछा–

"क्या हुआ है, किसी ने कुछ कहा क्या?"

सुरभि की आँखें अभी भी लाल थीं। उसने रोते हुए कहा–

"मम्मी ने मुझे तेरी वजह से थप्पड़ मारा।"

धुन थोड़ा चौंकी और पूछा– "मैंने क्या किया?"

"तूने ही बोला था न पूछने को, प्यार क्या होता है। बस मम्मी से पूछा तो उन्होंने सुनते ही एक थप्पड़ लगा दिया। और कहा कि अभी पढ़ने में मन लगाओ। कहाँ से सीखा ये सब? किसने बताया? बहुत देर तक पूछती रहीं कि मेरी किसी लड़के से दोस्ती तो नहीं हो गई है!"

धुन को ये बिल्कुल भी अंदाजा नहीं था कि मामला इतना बिगड़ जाएगा। उसने सुरभि को सॉरी बोला। सुरभि ने बताया कि उसकी मम्मी धुन की मम्मी से बात करेंगी इस बारे में। ये सुनकर धुन को थोड़ा बुरा भी लगा, लेकिन उसने सोचा आज घर जाकर वो मम्मी से खुद ही पूछ लेगी कि प्यार क्या होता है।

शाम को मम्मी थोड़ा देर से आईं। उसने आते ही मम्मी से कहा–

"एक जरूरी बात पूछनी थी।"

"हाँ पूछो।"

"आपको सुरभि की मम्मी का फोन आया था क्या?"

"नहीं तो, क्या हुआ?" मम्मी ने जानने की कोशिश की।

"कुछ नहीं, उसकी मम्मी ने उसको मारा कल। मेरी वजह से।"

अब धुन की मम्मी थोड़ा सीरियस हो गईं और कहा-

"क्या हुआ, क्या किया तुमने?"

"किसी ने कुछ नहीं किया मम्मी। बस मैंने तो ये पूछा था कि प्यार क्या होता है। सुरभि ने अपनी मम्मी से पूछ लिया तो उन्होंने थप्पड़ लगा दिया। आप भी तो पापा को प्यार करती हो ना?"

ये सुनकर मम्मी बहुत जोर से हँसी और धुन को अपने पास लाकर बोलीं-

"मैं पापा से प्यार करती हूँ और हम दोनों तुमसे प्यार करते हैं।"

"बहुत प्यार होने से बच्चे आते हैं क्या मम्मी?"

ये सवाल सुनकर मम्मी थोड़ा ठिठकीं। दो मिनट सोच के बोलीं-

"हाँ, मेरे और आपके पापा में बहुत प्यार है तभी तो आप आए हो।" ये कहकर उन्होंने धुन के माथे पे जोर से चूमकर उसको अपने गले लगा लिया।

धुन को ये बात ज्यादा समझ नहीं आई। उसने किसी फिल्म में heroine को कहते हुए सुना था कि प्यार में बहुत दर्द होता है। उसने एक बार सोचा भी कि मम्मी से पूछ ले, लेकिन पता नहीं क्या सोचकर उसने पूछा नहीं।

सुरभि की मम्मी ने थप्पड़ मारते ही उसको समझा दिया था कि धुन से दोस्ती खत्म कर दे। सुरभि ने मम्मी की बात पर इतना ध्यान नहीं दिया। दोनों अब भी वैसे ही स्कूल आती-जाती रहीं। धुन ने भी कभी ये सवाल सुरभि से दुबारा नहीं पूछा। सवाल जो लंबे समय तक सवाल बने रहते हैं हम उनके एक-दो नकली जवाब सोच लेते हैं। जो सच नहीं होते लेकिन झूठ भी नहीं होते। और सबसे अच्छी बात ये होती है कि इन नकली जवाबों के साथ जीना बहुत आसान हो जाता है। इसलिए शायद जो लोग सवाल के साथ घर से निकले वो कभी लौटे नहीं और जो लौटे उनके जवाब नकली थे। यही सुरभि के साथ हुआ। उसको समझ आ चुका था प्यार कोई बुरी चीज होती है। धुन को समझ आ चुका था मम्मी-पापा प्यार करते हैं। प्यार कोई बड़ी अच्छी चीज होती है।

सुरभि हमेशा कुछ लड़कियों और सारे लड़कों की बुराई करती रहती। धुन इस बात से बहुत बोर होती। एक दिन जब सुरभि स्कूल नहीं आई तो उन लड़कों में से एक लड़का, जो इन दोनों को अक्सर घर छोड़ने जाता था, साइकिल लेकर धुन के पास आ गया और बोला–

''देखो मुझे तुमसे कुछ कहना है।''

धुन ने उसको और उसकी साइकिल को ऊपर से नीचे तक देखा और बोली–

''कल स्कूल में कहना।''

''कल सुरभि आ जाएगी फिर मैं तुमसे बात नहीं कर पाऊँगा।'' लड़के ने अपनी मजबूरी बताई।

ये सुनकर धुन को मन–ही–मन हँसी आई कि सुरभि का पूरा terror है स्कूल में। एक मिनट सोचकर उसने कहा–

''जल्दी बोलो, मेरा घर आने वाला है।''

''यहाँ से तुम्हारा घर आने में कम–से–कम 10 मिनट लगेगा।'' ये बोलकर लड़का मुस्कुरा दिया। धुन भी मुस्कुरा दी।

लड़के ने दुबारा कहा– ''मेरा नाम सौरभ है। तुम्हें लगता होगा कि मैं तुम्हारा पीछा करता हूँ लेकिन मेरा घर तुम्हारी ही कॉलोनी में है।''

''ये बात बतानी थी तुमको?'' धुन ने थोड़ा गुस्सा दिखाते हुए पूछा।

''नहीं, मुझे ये बताना था कि...'' ये बोलकर सौरभ चुप हो गया।

''क्या, बोलोगे?''

''यही कि....पहले promise करो किसी से कहोगी नहीं, सुरभि से भी नहीं।''

''ऐसी बात है तो मुझे भी मत बताओ।''

सौरभ थोड़ा घबराया और बोला–

''मुझे केवल तुम्हें ही ये बात बतानी है।''

''तो बताओ न। और थोड़ा जल्दी करो, घर आनेवाला है।''

"धुन मैं क्लास में केवल तुम्हें ही देखता हूँ। तुम मुझे पूरी स्कूल में सबसे अच्छी लगती हो। स्कूल क्या कॉलोनी में भी, please तुम बुरा मत मानना लेकिन कल तुम मेरे सपने में भी आई थी। मुझे लगता है कि मुझे तुमसे प्यार हो गया है।" सौरभ ये सब कुछ फटाफट बोलता चला गया जैसे इम्तिहान में वो रटे हुए जवाब लिख देता था।

धुन ने थोड़ी देर तक कुछ नहीं कहा। फिर बोली–

"तुम जाओ। या तो मुझसे पहले जाओ या फिर मैं जाती हूँ। तुम थोड़ी देर बाद कॉलोनी में आना।"

"तुम please स्कूल में किसी को ये मत बोलना।" इतना कहकर सौरभ ने साइकिल तेज कर ली। वो चाहता तो साइकिल धीमे भी कर सकता था लेकिन वो धुन को अपने आगे जाते हुए देखना नहीं चाहता था।

धुन ने रोज की तरह घर जाकर बस्ता फेंका। टीवी चलाया और वो चैनल ढूँढ़ने लगी जिसमें hero, heroine से प्यार कर रहा हो।

अगले दिन सुरभि फिर नहीं आई। वो इंतजार करती रही लेकिन सौरभ भी डर के मारे उसके पास नहीं आया। रास्ते में सौरभ ने जैसे ही साइकिल को क्रॉस किया तो धुन ने चिल्ला के उसको रोका–

"सुनो।"

"कल के लिए सॉरी धुन।" सौरभ ने डरते-डरते कहा।

"सपने में क्या देखा था तुमने ?"

ये सुनकर सौरभ को थोड़ा अजीब लगा। वो थोड़ा शर्माकर बोला–

"अरे, वो ऐसे ही बस..."

"ऐसे ही क्या बस... बताओ। वर्ना कभी तुमसे बात नहीं करूँगी।"

"तुम्हें अनीता मैम ने कुर्सी से बाँध रखा था और मुझे पावर था गायब होने का, एकदम मिस्टर इंडिया वाला। बस मैंने अनीता मैम को बहुत मारा और तुमको वहाँ से छुड़ा लिया।"

इतना सुनते ही धुन जोर-जोर से हँसने लगी। सौरभ भी मुस्कुराने लगा। अगले दिन धुन ने सौरभ को भी अपने साथ चलने के लिए कहा। ये सुनते

ही सुरभि नाराज हो के साइकिल तेजी से भगा के चली गई। उस दिन के बाद से जब भी क्लास में बात करने वालों का नाम लिखना होता तो वो सौरभ का नाम भी लिख देती। हालाँकि धुन और सुरभि की बातचीत चलती रही लेकिन सुरभि एक ऐसी सहेली ढूँढ़ने लगी जिससे वो धुन की बुराई कर पाए।

धुन और सौरभ की बात तभी हो पाती थी जब सुरभि न आई हो। अगले एक महीने सुरभि को किसी इंटरस्कूल कॉम्पिटीशन के लिए स्कूल में ही 2 घंटे extra preparation करनी थी तो सौरभ मौका देखकर धुन के साथ ही जाने लगा। दोनों में कभी कोई hi, hello नहीं। कैसी हो, कैसे हो, बस इतना होता था।

सौरभ ने धुन को फिर से बताया कि उसको प्यार हो गया है।

धुन ने पूछा- "प्यार क्या होता है, तुम्हें पता है?"

"हाँ।"

"क्या होता है बताओ?"

"जब कोई बहुत अच्छा लगता है। जब उस बंदी के लिए पिक्चर वाले गाने गाने का मन करता है।"

"कैसे पता चलता है कि कोई अच्छा लगने लगा?"

सौरभ को उम्मीद नहीं थी कि धुन के पास इतने सवाल होंगे। उसने कहा कि वो अपने cousin से पूछ के बताएगा। धुन बोली उनसे ये भी पूछना कि प्यार में दर्द क्यों होता है, कैसे होता है और कहाँ होता है? धुन ने महीनों से इकट्ठा किए सवाल एक बार में पूछ लिए।

सौरभ ने ये बात जाकर अपने cousin को बताई जो 11th क्लास में था। जब उसने ये सारे सवाल सुने तो पूछा कि उसका कोई चक्कर-वक्कर चल रहा है। सौरभ ने बताया कि ऐसा कुछ नहीं है। वो केवल अपनी जानकारी के लिए पूछ रहा है। उसके भइया ने शर्त रखी कि अगर वो किसी से भी ये बात नहीं बताएगा तभी बताएँगे उसको। सौरभ इसके लिए तुरंत राजी हो गया।

उसके भइया ने कमरे का दरवाजा बंद किया। किताब के बीच में रखी

एक सीडी निकालकर पीसी में डाली इतने में दरवाजे पर भइया की मम्मी ने आवाज दी।

इससे पहले सौरभ कुछ बोलता, भइया ने कहा-

"शऽऽऽऽ keep quiet."

मम्मी ने एक बार और दरवाजा खटखटाया और बोलीं-

"कुछ खाने-पीने को तो नहीं चाहिए?"

तो भइया ने अंदर से कहा- "सो रहा हूँ मम्मी। रात में देर तक पढ़ना है।"

मम्मी के जाने के बाद भइया ने एक घंटे तक सौरभ को बताया प्यार कैसे होता है और प्यार में दर्द क्यों होता है।

सौरभ को बड़ा ही अजीब लगा लेकिन अच्छा भी लगा। उस रात उसको मिस्टर इंडिया वाला नहीं, प्यार वाला सपना आया। ऐसा सपना जो कभी पहले नहीं आया था। उस दिन सौरभ को सपना आगे बढ़ाने के लिए कोशिश नहीं करनी पड़ी और धुन ने उसको सपने में किस से ज्यादा कुछ किया।

उसने एक दिन मौका देखकर धुन को बताया कि उसको पता चल चुका कि प्यार में दर्द क्यों होता है, कैसे होता है और कहाँ होता है। धुन ये सुनकर बहुत खुश हुई और बोली कि चलो बताओ फिर। सौरभ ने कहा कि वो किसी के सामने या बाहर नहीं बता सकता। वो उसे केवल तभी बताएगा जब वो किसी और को नहीं बताएगी। अपनी बेस्ट फ्रेंड सुरभि को भी नहीं। ये सब सुनकर धुन को थोड़ा अजीब लगा। उसने सौरभ से बात करना छोड़ दिया लेकिन धुन से रहा नहीं गया। दो-तीन दिन बाद ही उसने सौरभ से फिर पूछा। सौरभ के लिए भी सवाल आखिर प्यार का था। उसने ऐसे-वैसे करके अपने भैया से सीडी ले ली और धुन को वो सीडी साथ में देखने के लिए कहा। वैसे तो धुन को ये सब थोड़ा अजीब लगा लेकिन उसके लिए प्यार को जानना बहुत जरूरी हो चला था। मौका देखकर एक दिन स्कूल की छुट्टी के बाद वो सौरभ को अपने साथ घर पर लेकर आ गई।

आने के बाद उसने तुरंत टीवी ऑन किया। सौरभ को अब थोड़ी-सी घबराहट हुई, लेकिन उसके रात वाले सपने अब बहुत आगे बढ़ चुके थे। धुन

ने सीडी लगाई और टीवी में प्यार ढूँढ़ना शुरू कर दिया।

पिक्चर अभी शुरू ही हुई थी कि सौरभ ने कहा–

"हमें भी टीवी जैसे साथ में करना पड़ेगा। तब पूरा प्यार समझ में आएगा।"

धुन को थोड़ा अटपटा लगा। फिर ये भी लगा कि शायद ऐसे ही प्यार होता होगा। धुन के लिए प्यार ऐसा मैथ्स का सवाल था जिसका जवाब उसको इतने दिनों से मिल नहीं पा रहा था और अब जवाब उसके सामने था तो वो तैयार हो गई।

हर एक बीतते मिनट के साथ पहली बार उसको महसूस हुआ कि प्यार में दर्द होता है। उसको वैसे ही महसूस हुआ जैसा सालों से दुनिया को होता आया है। उसमें कुछ भी नया नहीं था। ये वो मंजिलें हैं जहाँ हर बार बस पहुँचने वाला नया होता है। धुन को अच्छा लगा या खराब लगा पता नहीं। बस अजीब लगा और उसका दर्द बढ़ता गया। सौरभ को सब बहुत अच्छा लगा और थोड़ा-सा अजीब लगा। खून देखकर सौरभ घबराकर भाग गया। वैसा कुछ प्यार की सीडी में नहीं था।

धुन का दर्द जब बहुत बढ़ गया तब उसने मम्मी को कॉल करके जल्दी घर बुलाया और मम्मी के आते ही उनसे चिपटकर रोने लगी। मम्मी बहुत देर तक पूछती भी रहीं, क्या हुआ। वो कुछ नहीं बोली। बस दर्द की वजह से रोती रही।

वो अगले पूरे हफ्ते स्कूल नहीं गई। संडे को उसने सुरभि को फोन किया और सब कुछ बताया। फोन पर सुरभि ने सौरभ की जी भर कर बुराई की और बताया इसलिए मम्मी मना करती हैं लड़कों से बात करने को। सोमवार को स्कूल में दिन भर सुरभि ने धुन से बात नहीं की और टीचर से कहकर अपनी सीट उसने अलग करवा ली।

अब सुरभि ने नयी सीट पर एक नयी सहेली बना ली थी, जिससे वो धुन और क्लास की बाकी लड़कियों की बुराई करती थी। सौरभ की धुन से बात करने की कभी हिम्मत नहीं हुई।

ऐसे ही एक दिन जब क्लास खत्म हुई थी। दूसरी वाली मैडम अभी आई

नहीं थीं। सभी बच्चे बहुत शोर मचा रहे थे। क्लास में शोर इतना बढ़ गया कि पास वाली क्लास से अनीता गुप्ता मैम आईं और जोर से चिल्लाईं-

"Class, Keep Quiet. सुरभि, जो बात कर रहे हैं तुमने उनके नाम लिखे हैं ?"

सुरभि ने तुरंत ब्लैकबोर्ड पर जाकर धुन और सौरभ का नाम लिख दिया कि क्लास में सबसे ज्यादा शोर यही मचाते हैं।

अनीता मैम ने दोनों को खड़ा कर दिया। मैम के जाते ही सुरभि ने अपनी नयी सहेली को बताया कि प्यार कितनी गंदी चीज होती है। सौरभ के पास प्यार वाली एक सीडी है। धुन को पता है, प्यार क्या होता है।

उस दिन स्कूल की छुट्टी के बाद से ही दुनिया, प्यार क्या होता है का जवाब अपने-अपने तरीके से खोज रही है और सबके पास एक ready-made नकली जवाब तैयार है।

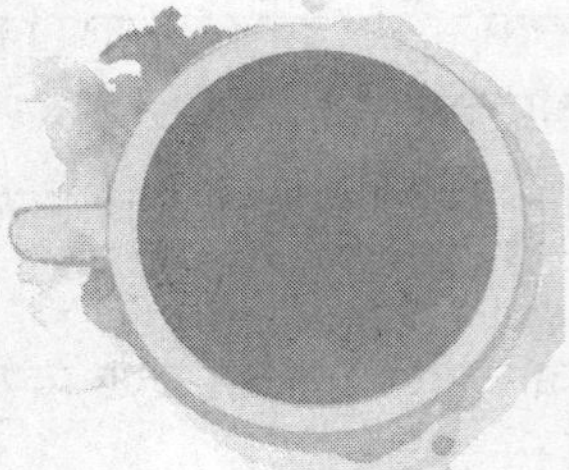

Love you forever

लखनऊ मेल

मैं दिल्ली से लखनऊ गरिमा से आखिरी बार मिलकर लौट रहा था। ट्रेन कोहरे की वजह से करीब 5-6 घंटे लेट थी। एक अखबार जिसको ऊपर-नीचे मिलाकर कम-से-कम 5 लोग आँखें गड़ा के पढ़ रहे थे। साइड लोअर सीट पर एक नया-नया शादी-शुदा couple था, जो दो अलग-अलग खिड़कियों से, बड़ी तेजी से पीछे छूटती जा रही, एक दुनिया देख रहा था। जिस अंकल ने सुबह अखबार खरीदा था वो रिटायर्ड सरकारी कर्मचारी रह चुके थे। बस उनको अपने जीवन में एक ही मलाल था कि उनके टाइम ऊपरी कमाई इतनी

नहीं थी। इसलिए आजकल देश में बढ़े हुए corruption को लेकर बहुत परेशान थे। सबसे ऊपर वाली सीट पर एक लड़की थी जो इंजीनियरिंग के दूसरे साल में थी। उसकी नजर बहुत देर से अखबार के रंगीन वाले पन्ने पर थी, जिसमें हीरो-हीरोइन के बारे में चटपटा-मसालेदार लिखा होता है। हाँ, उसको जो हीरो पसंद था उसके affair वाली खबर को वो ये मान लेती थी कि अखबार वाले ऐसे ही कुछ भी छाप देते हैं। अभी-अभी ट्रेन में हो रहे शोर-शराबे से मैं उठा और उठते ही अखबार वाले अंकल बोले- "आजकल के लड़कों की सुबह दिन में होती है।"

इस बात से मुझे थोड़ा गुस्सा आया। मुझसे रहा नहीं गया मैंने कहा-

"अंकल, आपके पापा भी यही बोलते होंगे आपसे।"

इस पर अंकल फिर बड़बड़ाए लेकिन मैंने ध्यान नहीं दिया। वैसे भी मेरा मूड कल रात, जबसे ट्रेन में बैठा था, तभी से अच्छा नहीं था। मूड तो खैर उससे भी बहुत पहले से खराब था।

वैसे तो लखनऊ मेल सुबह 6 बजे ही लखनऊ पहुँच जाती है, इसलिए ट्रेन में कभी चाय, चना जोर गरम वाले पहुँच ही नहीं पाते। वो तो उस दिन ट्रेन इतनी लेट थी कि बरेली के बाद से चाय और चना जोर गरम वाले लड़के ट्रेन में आ गए थे। अभी मैं उठ के आँख मल ही रहा था कि इतने में चना जोर गरम वाला लड़का गाते हुए पास से निकला।

"अंग्रेजों ने लूटा था कल, महँगाई ने आज
राजनीति में पता नहीं है कौन है किसका खास
पाँच रुपये का जोर गरम, ये खोले सारे राज
सारा इंडिया बैठे-बैठे करे, करे है टाइम पास
ओ भइया, करे है टाइम पास।"

ये गाते हुए वो लोगों से पूछता जा रहा था-

"5 रूपय के बना दूँ ? मजा न आए तो पैसे वापस।"

ट्रेन के सफर की सबसे अच्छी चीज क्या होती है- ये मुझे नहीं मालूम। लेकिन हाँ, मैं कभी भी ट्रेन में बोर नहीं होता। हर बार कुछ-न-कुछ ऐसा

मिल जाता है जिसके सहारे पूरा सफर बड़े आराम से कट जाता है। हुआ कुछ ऐसा कि जिस लड़की के चक्कर में मैं पिछले एक-डेढ़ साल से था (हाँ, चक्कर ही बोलेंगे उसको प्यार नहीं, जो भी प्यार पूरे नहीं हो पाते उनको चक्कर ही बोला जाता है न, प्यार पूरे होने का केवल और केवल इतना मतलब है कि आपने जिस लड़की को I love you बोला था उसके घर आप बैंड बाजे के साथ पहुँच पाए। आगे शादी चले, न चले उससे प्यार के पूरे और अधूरेपन पर कोई असर नहीं पड़ता)। कल उस लड़की से मैं आखिरी बार मिलकर लौट रहा था। बड़ी अजीब-सी शर्त रखी थी उसने आखिरी मुलाकात की। उसने कहा था कि मुझे नहीं पता, बस मैं पूरा एक दिन तुम्हारे साथ गुजारना चाहती हूँ। हम मिलते दिन में ही थे। रात में उसको अपने घर लौटना होता था। वो अपनी बुआ और फूफा के घर दिल्ली में रहती थी और मैं लखनऊ में। लखनऊ से दिल्ली की दूरी अच्छी ट्रेन से रात भर की थी। कभी-कभी बड़े ही random से प्रोग्राम बनते थे हमारे। एकदम से पता चलता था कि बुआ-फूफा एक दिन के लिए कहीं जा रहे हैं और ऐसे में कई बार मैं बिना reservation के लखनऊ से चल देता था। आधा दिन बीतने पर पहुँचता और रात में चल देता। जब भी बुआ-फूफा का एक दिन से ज्यादा का प्रोग्राम बनता तो वो घर पर किसी-न-किसी पड़ोस वाली दीदी या भाभी के रहने का इंतजाम करके जाते। सबसे सही प्रोग्राम वही रहता जब वो सुबह जा के शाम वापस आने वाले हों। ऐसे में हमें पूरा एक दिन साथ में मिल जाता था। दिन भर हम घर पर ही रहते और शाम को कोई टाइमपास-सी मूवी देखने निकल जाते। टाइम पास इसलिए क्योंकि उसको सीरियस मूवी जरा भी पसंद नहीं थी। जिस भी फिल्म में हीरो-हीरोइन आखिर में मिल नहीं पाते थे, वैसी फिल्में भी पसंद नहीं थीं उसको। हाँ एक बात और, उसको आइटम सॉन्ग बहुत ही पसंद थे। क्योंकि वो शादी-वादी में डांस में बड़े काम आते थे। वो पंजाबी थी। उसको पता था कॉलेज खत्म होते ही उसकी शादी हो जाएगी। शादी जल्दी न हो इसीलिए उसने post-graduation के कोर्स में enroll किया था। मुझको अक्सर मजाक में बोलती थी-

"देखो, मैं शादी तो करूँगी ही और अपने पति को प्यार भी करूँगी। तुम्हारे लिए जिंदगी भर रोऊँगी नहीं। तुम भी मत रोना। सब भूल जाते हैं एक

दिन। एक टाइम के बाद सब टाइमपास ही हो जाता है।''

इस पर मैं बहुत हँसता और कहता–

''हो जाएगी हमारी शादी और नहीं भी हुई तो टाइमपास तो हो ही रहा है।''

इस पर वो थोड़ा नाराज होने का नाटक करती और बोलती–

''लाइफ भी टाइमपास ही तो है। फालतू में हैं इतने टेंशन।''

एक दिन ये बोलने के बाद उसने मुझे गले लगा लिया और मेरा कान काटकर, कान में फुसफुसाई–

''T.P.''

''अब ये T.P. क्या है?''

''टाइम पास। बुद्धू कहीं के!''

वो ये बोलने के बाद और मैं ये सुनने के बाद थोड़ी देर तक बिल्कुल चुप हो जाते और टाइम को पास होने देते।

कभी-कभी सुबह नाश्ते से लेकर रात का खाना हम साथ बनाते। आवाज तेज करके टीवी देखते। वो जब नहा के निकलती तो मैं उसको बोलता कि बुआ की कोई साड़ी पहन के दिखाओ। वो पहन के दिखाती और मैं वहीं ड्रेसिंग टेबल से बुआ का थोड़ा-सा सिंदूर लेकर उसकी माँग पर लगा देता और कहता–

''लो, हो गई हमारी पहली शादी।''

''हम दूसरी शादी सबके सामने करेंगे। जब तुम बारात लेकर आओगे।'' वो खिड़की से खिड़की भर आसमान को देखते हुए कहती।

हम सभी की पहली शादी यूँ ही कभी अकेले में हो जाती है। फालतू में ही हम बैंडबाजे वाली शादी को अपनी पहली शादी बोलते हैं। और हर साल उसकी anniversary मनाते हैं। इसके बाद हम बहुत देर तक रोते। पता नहीं क्यों। लेकिन बहुत देर तक। हर बार नाराज हो के वो बोलती–

''तुम क्यों करते हो ये बार-बार, अगर हमारी शादी नहीं हुई तो?''

इस बात का कोई जवाब मेरे पास न होता।

वो बुआ का घर मुझे एक दिन के लिए ही सही अपना लगता। कभी ऐसा लगा ही नहीं कि मेरे और उसके सिवा कभी कोई वहाँ रहता भी है। ऐसे ही किसी बुआ या मौसी या अपने घर में बिना शादी किए एक-दो दिन किसी के साथ रहने की बात बड़ी ही अलग होती है। अच्छी या बुरी मुझे नहीं पता, अलग होती है बस।

हर बार जब हम ऐसे रहते तो वो हिसाब रखती-

"देखो, हम सुबह 8 बजे से लेकर रात 10 बजे तक साथ रह चुके हैं। मैं पूरे चौबीस घंटे तुम्हारे साथ रहना चाहती हूँ।"

"हाँ तो रहेंगे न, शादी के बाद।" मैंने कहा।

"नहीं, शादी से पहले रहना है मुझे।"

"क्यों, शादी से पहले क्यों?"

"इसलिए कि अगर तुमसे शादी नहीं हुई तो..."

"तो क्या?" मैंने खीजकर पूछा।

"नहीं हुई तो कम-से-कम जब भी मैं घड़ी देखूँ, मुझे ये न लगे कि इस टाइम मैं तुम्हारे साथ नहीं रही।"

"मैं समझा नहीं।"

"मतलब ये बुद्धू कि मान लो मुझे रात में 3 बजे तुम्हारी याद आए तो मैं ये सोच पाऊँ कि एक बार हम रात के 3 बजे एक साथ रह चुके हैं।"

"ये अजीब है बहुत।" मैंने कहा।

"हाँ, अजीब है तो क्या हुआ। प्रॉमिस करो अगर हमारी शादी नहीं हुई तो एक बार तुम मेरे साथ रात भर रुकोगे।" ये कहकर वो रोने लगी और मैंने प्रॉमिस कर दिया।

इसके बाद हम वो सबकुछ करते जो हमें बार-बार इस बात का एहसास दिलाता कि हमारी शादी हो चुकी है। ये सिलसिला उसके post graduation खत्म होने से 2 महीने तक चलता रहा। मेरा engineering का आखिरी साल था और नौकरी का अभी तक कोई ठिकाना नहीं था। हम दोनों को मालूम था कि सब कुछ खत्म होने वाला है। लेकिन जब पता हो कि सब

खत्म होने वाला है तो उसका एक-एक दिन इंतजार करना और मुश्किल हो जाता है।

पहली मुलाकात

वैसे तो मुझे अपनी Intelligence पर पूरा भरोसा था कि मेरा इस जन्म DCE (Delhi college of Engineering) में होगा नहीं, लेकिन मेरे घरवालों को मुझपर मेरे से भी ज्यादा भरोसा था। DCE के पेपर का नुकसान बस एक था कि वो केवल दिल्ली में होता था और मेरा एक ऐसे इम्तिहान के लिए दिल्ली जाने का कतई मन नहीं था जिसमें मेरा होना ही नहीं था। 15% seats थी केवल दिल्ली के बाहर वालों के लिए। खैर, घरवालों ने टिकट करा दिया था और लखनऊ शताब्दी तभी चलनी शुरू हुई थी। मैं चल दिया। वैसे तो मैंने अपने फिजिक्स के नोट्स निकालकर सामने वाली सीट का flap खोलकर उस पर रख दिया था और ट्रेन के चलने का इंतजार कर रहा था। तभी पड़ोस वाली सीट पर एक लड़की आकर बैठी। लखनऊ से कानपुर आने तक मैं उसकी शक्ल भी नहीं देख पाया। वो वॉकमैन में गाने सुन रही थी। कानपुर तक आते-आते उसके वॉकमैन की battery खत्म हो गई। कानपुर स्टेशन पर ट्रेन आने से पहले उसने मुझसे कहा- "excuse me."

ये सुनकर मैं उतना ही खुश हुआ जितना कि ट्रेन में एक अनजान लड़की का पहले बात शुरू करने की वजह से कोई भी लड़का खुश होता है। मैं बोला- "हाँ, बताइए।"

"क्या आप मेरे लिए, प्लीज, battery और अंकल चिप्स ला देंगे?"

वैसे तो मैं कभी ट्रेन में नीचे नहीं उतरता था। लेकिन मैंने हाँ बोल दिया। वो तुरंत पैसे देने लगी तो मैंने कहा-

"पहले ले तो आने दो। ले लूँगा पैसे।"

उसने कुछ नहीं कहा। मैं उतर तो गया लेकिन पहली बार ऐसे बीच में उतरकर बड़ा ही डर लग रहा था। मैं थोड़ा आगे बढ़ा और एक दुकान पे चिप्स तो मिल गया लेकिन battery नहीं मिली। लेने-देने में ट्रेन चल पड़ी और मैं भागा। लेकिन अपने डिब्बे तक नहीं पहुँच पाया। मुझे 2-3 डिब्बे

पहले घुसना पड़ा। जब मैं डिब्बे क्रॉस करके अपनी सीट पे पहुँचा तो देखा वो बहुत परेशान थी।

मैंने बैठते ही चिप्स उसके हाथ में दिया और कहा–

"15 रुपये।"

इस पर वो बोली–

"चिप्स के चक्कर में अपना पेपर छोड़ देते क्या तुम? पागल!"

मैं समझ नहीं पाया कि उसको मेरे पेपर का कैसे पता। उसने अपने बैग से 15 रुपये निकालकर मुझे देते हुआ कहा–

"Thanks." और ये बोलकर उसने चिप्स मुझे ऑफर किया। मैंने भी बिना हिचकिचाए 2 चिप्स उठा लिए।

"शताब्दी में बाहर से चिप्स वाले बेचने नहीं आते हैं।" उसने ये कहा। इस पर मैं कुछ नहीं बोला और अपने फिजिक्स के नोट्स पलटने लगा।

"Engineering का पेपर है?"

"हाँ।"

"All the best, लो, चिप्स लो।"

मैंने इस बार मना कर दिया तो वो बोली–

"ले लो, चिप्स से मस्त टाइम पास होता है। And I hate physics."

ये सुनकर मैं हँसा और बोला–

"Me too."

इस पर हम दोनों एक साथ हँसे। थोड़ी देर बाद वो बोली–

"Can I ask a personal question?"

इस सवाल से कोई लड़का जितना खुश हो सकता था, उतना ही खुश मैं भी हुआ।

"Off course you can." मैंने कहा।

"Do you have girl friend?"

इस सवाल से मैं थोड़ा चौंका। लेकिन पहली बार किसी बंदी से ऐसा

पूछा था तो मैंने बता दिया कि कोई गर्लफ्रेंड नहीं है। तैयारी के चक्कर में टाइम भी नहीं मिलता। फिर मैंने भी कुछ personal सवाल पूछे और उसने भी बड़े आराम से जवाब दिए। ऐसे जैसे हमारी बड़ी पुरानी जान-पहचान हो। फिर एकदम से जैसे उसे कुछ याद आया हो, वो बोली-

"I'm so sorry, तुम्हारे जाने के बाद मैंने तुम्हारे नोट्स पलट के देखे थे।" उसने मुसकुराते हुए कहा।

अब मैं थोड़ा खिड़की से मुड़कर उसकी तरफ बैठ गया और कहा-

"कोई बात नहीं, तुम भी पेपर देने जा रही हो क्या?"

"नहीं नहीं। मुझे नहीं बनना इंजीनियर यार। बहुत बोरिंग पढ़ाई होती है।"

इसके बाद मैंने अपने फिजिक्स के नोट्स नहीं उठाए। जाने से पहले मैंने उससे नंबर माँगा बात करने के लिए तो उसने कहा-

"ये ट्रेन में शुरू हुआ था, यहीं खत्म करते हैं।"

मुझे थोड़ा अजीब लगा कि ये क्या बात हुई। एक तो जान पे खेलकर मैं चिप्स लेने गया। उसपे भी इतना सीधे-सीधे मना कर रही है। दिल्ली स्टेशन आने वाला था लोग एक-एक करके उठ रहे थे। मुझे गुस्सा आ रहा था कि पूरे टाइम ये मौज लेती रही। मैं ही बेवकूफ हूँ कल के पेपर के लिए ही कुछ पढ़ लेता। वो सामान लेकर खड़ी हुई। मैं सीट पर सबके उतरने का इंतजार करता रहा। थोड़ा आगे बढ़कर उसने कहा-

"अपने नोट्स कभी पीछे से भी पढ़ा करो, फिजिक्स इतनी भी बोरिंग नहीं होती।"

मैंने फटाफट अपना रजिस्टर पीछे से खोला। उसमें एक नंबर लिखा था और नंबर के नीचे गरिमा लिखा हुआ था। केवल 2 से 4 बजे के बीच में फोन करना। उसका नाम गरिमा, मुझे दुनिया का सबसे अच्छा नाम लगा। मैं मुस्कुराया और मैंने इशारे से उसको कहा-

"I'll call you."

अगले दिन के पेपर का रिजल्ट मुझे पहले से ही पता था। बस मैं पेपर

निपटाकर PCO में गया और वो नंबर मिलाया। फिर हमारी वही बातें हुईं जो पहली फोन कॉल पर हो सकती हैं। उसने क्या कहा था, मैंने क्या कहा था ये याद नहीं। लेकिन हम दोनों के लिए ही ये बिल्कुल नया और अलग experience था। वो होता है न कि दोनों जानते हैं कि कुछ है। बस अक्सर बोलते-बोलते रुक जाते हैं। इसके बाद ऐसा कुछ भी नहीं हुआ जो एक लड़के और लड़की के बीच दुनिया में पहली बार हुआ हो।

24 hours

मैं अक्सर मौका लगाकर दिल्ली जाने लगा। गरिमा वहाँ अपने बुआ-फूफा से नजर बचाकर मुझसे फोन पे बात करती। जब भी मैं शताब्दी में बैठता तो मुझे गरिमा की याद आती। जब भी किसी लड़के को स्टेशन पर चिप्स खरीदते देखता तो मुझे वो DCE का इम्तिहान याद आता। वो फिजिक्स के नोट्स याद आते। मेरा इंजीनियरिंग में एडमिशन DCE में तो वैसे ही होना नहीं था। ले-दे के लखनऊ के ही कॉलेज से मैंने इंजीनियरिंग शुरू कर दी थी। तब तक मोबाइल फोन नहीं आए थे। इसलिए आजकल की तरह हर स्टेशन क्रॉस होने के बाद SMS नहीं करते थे लोग। अब सोच के बड़ा अजीब लगता है कि बिना मोबाइल की भी एक दुनिया थी। लोग तब भी बात करते थे। बल्कि ज्यादा बात करते थे। उलझे भी रहते थे तो एक-दूसरे में, मोबाइल में नहीं।

गरिमा की शादी तय हो गई थी। कैसे हो गई, क्या हुआ इससे कोई खास फर्क नहीं पड़ता। क्योंकि गरिमा जैसी लड़कियों की शादियाँ यूँ ही एक दिन तय हो जाती हैं। ऐसे ही इंजीनियरिंग के final year का लड़का देखता रह जाता है। ऐसे किस्से खत्म तो होते ही हैं। खास बात ये है कि वो आखिरी मुलाकात कैसी रहती है।

गरिमा और मुझे दोनों को अब पता था शादी हो ही जानी है। वो अपनी शादी का कोई भी मजा spoil नहीं करना चाहती थी। इसलिए उसने मुझे आखिरी मुलाकात के लिए बुलाया और अपने साथ चौबीस घंटे रहने की जिद की। उसने बताया कि उसने अपनी सहेली की शादी का बहाना बना दिया है और वो एक रात के लिए बाहर आ सकती है। सच बताऊँ तो मेरी उसके

साथ होटल में जाकर रुकने की हिम्मत थी नहीं। पता नहीं क्यों लेकिन ये सब बहुत ही cheap लग रहा था। लेकिन गरिमा की जिद के आगे मुझे ही झुकना पड़ा। मैंने होटल की एंट्री की, वहाँ पर साथ में रुकने पर relationship वाला कॉलम भरना था, मैंने बड़े ही कॉन्फिडेंस से wife भरा। काश! कि वो रजिस्टर का पन्ना मैं फाड़ के रख पाता। कमरे में आते ही मुझे बहुत जोर से रोना आया।

बहुत देर रोने के बाद जब हमें होश आया तो रात के 11 बज चुके थे। गरिमा घड़ी देखते ही बोली कि देखो हम आज तक कभी 11 बजे के बाद साथ नहीं रहे, लेकिन कल से ऐसा नहीं होगा। हमारे पास आज का दिन हमेशा रहेगा। उसकी ये सब बातें हालाँकि मुझे ज्यादा समझ नहीं आती थीं। वो खाकर टूथ-पेस्ट करने बाथरूम में गई और मुझे भी ब्रश करने को कहा। इस पर मैंने उसे बताया कि मैं रात में ब्रश नहीं करता तो उसने मुझे प्यार से डाँटा और कहा कि अभी तो कोई बात नहीं लेकिन शादी के बाद कर लिया करना, नहीं तो बीवी छोड़ के भाग जाएगी। जब वो ब्रश कर रही थी तो मैंने टीवी चला लिया, इस पर वो बहुत नाराज हुई कि टीवी देखने के लिए तो पूरी उम्र पड़ी है। इसलिए मैं आज का टाइम वेस्ट न करूँ।

बेड पर आते ही वो बोली-

"कल सुबह के बाद हम कभी नहीं मिलेंगे न?"

पता नहीं क्या सोच के मैं बोला-

"हाँ, कभी नहीं।"

"अगर मेरा पति बहुत खराब निकला और मैं तुम्हारे पास लौटना चाहूँ, तब तुम मुझे वापस आने दोगे न?"

इस बात का कोई जवाब न होता है, न मेरे पास था। फिर भी मैं बोला-

"हाँ, तुम कभी भी वापस आ सकती हो। लेकिन चिंता मत करो तुम्हारा पति बहुत अच्छा निकलेगा।"

ये सुनकर उसने मुझे जोर से गले लगा लिया और बोली-

"कितना भी अच्छा हो, तुम्हारे जैसा नहीं होगा। और न ही तुम्हें मेरे जैसी बीवी मिलेगी। समझे?"

वो जाने से बहुत पहले ही जाने का मन बना चुकी थी। मैं इस आखिरी रात में कोई भी ऐसी चीज नहीं चाहता था जिसकी वजह से मुझे बाद में पूरी जिंदगी बुरा लगता रहे। हम बहुत देर तक चुप रहे। फिर मैंने कहा चलो थोड़ी देर सो जाते हैं। तो उसने मना कर दिया कि वो रात सो के वेस्ट नहीं करना चाहती।

थोड़ी देर में उसने फिर से घड़ी देखी और कहा, "2 बज गए। सुबह के 8 बजने में केवल 6 घंटे बचे हैं।" अब मुझे बस ऐसा लग रहा था कि सुबह के 8 जल्दी बजे। पता नहीं क्यों लेकिन मुझे ये 24 घंटे साथ रहने से थोड़ी खीज मच रही थी। इसके बाद उसने कहा–

"मुझे फील करना है तुम्हें।"

"मतलब?"

"मतलब कि मुझे फील करना है तुम्हें।"

"अब क्यों, अब अपने पति को फील करना।"

"नहीं, जिसको इतना प्यार किया, मुझे पता तो होना चाहिए कि वो फील करना कैसा था?"

इसके बाद उसने मुझे और मैंने उसे पहली बार फील किया। फील करने के बाद वो बोली–

"We were perfect."

वह फिर से रोने लगी और दुबारा बोली–

"मैं वापस आऊँगी तो accept कर लोगे न मुझे?"

मैं बोला– "मैं तो wait करूँगा तुम्हारा। तुम सोच लो तुम आ भी पाओगी?"

वो वही बोली जो ऐसे मौके पर हर वो लड़की बोलती है, जो कभी वापस नहीं आती।

"पक्का आऊँगी एक दिन।"

और वो दिन आज तक इस दुनिया में आया नहीं।

"केवल एक घंटा बचा है।" उसने रोते हुए कहा।

"मेरे बाल में तेल लगा दो। सर में बहुत दर्द हो रहा है।"

उसने मेरे बाल में तेल लगाया और बाल कटवाने को कहा। बताया कि उसे मैं केवल छोटे बालों में अच्छा लगता हूँ। जब वो बालों में तेल लगा रही थी, तो मैंने उससे कहा–

"हमें एक-दूसरे को फील नहीं करना चाहिए था।"

तो उसने कहा–

"मैं तुम्हारे साथ किसी और को अपने से पहले नहीं देखना चाहती थी। तुम नहीं समझोगे। छोड़ो।"

इसके बाद उसने बताया 8 बजने में 15 मिनट हैं। वो कुछ कहना चाह रही थी लेकिन मेरा कुछ भी सुनने का मन नहीं था। बस कभी-कभी कुछ भी बोलने का मन नहीं होता, वैसा ही हो रहा था।

आठ बजते ही उसने आखिरी बार मेरे माथे पर अपने होंठ रखे और कहा 24 घंटे पूरे हो गए।

"एक आखिरी प्रॉमिस करो मुझसे।" उसने कहा।

"बोलो, क्या प्रॉमिस?"

"सच्चा प्यार करते हो न तुम?"

"हाँ, प्रॉमिस क्या करना है बोलो।"

"एक अच्छी-सी लड़की ढूँढ़ लेना। बिलकुल मेरे जैसी।"

"नहीं ढूँढूँगा।"

"ढूँढ़ लेना, तुम्हें मेरी कसम।"

"एक और आखिरी प्रॉमिस करो मुझसे।"

"कितनी बार आखिरी प्रॉमिस करोगी। अब क्या?"

"मुझे या मेरे घर पर कभी कॉल नहीं करोगे।"

इस बात पर मुझे रोना आया। मैं बस इतना कह पाया–

"कभी बहुत याद आई तो भी नहीं?"

"नहीं, तो भी नहीं। हमारे प्यार की वजह से मुझे आगे कोई दिक्कत नहीं होनी चाहिए न जान।"

ये कहकर वो मुझसे अखिरी बार लिपट गई और बोली "Love you forever."

मेरे पास कोई ऑप्शन नहीं था सिवाय प्रॉमिस करने और कहने के। मैंने भी वही किया। कभी भी फोन न करने का वादा कर दिया, लेकिन एक वादा मैंने भी लिया कि वो कहीं भी रहे मेरे b'day वाले दिन वो मुझे जरूर फोन किया करेगी। साल में एक बार ही सही।

उसने भी प्रॉमिस किया कि वो कॉल करेगी। आज भी b'day वाले दिन सुबह से शाम तक मैं एक कॉल का इंतजार करता हूँ। वो नहीं आता। मुझे मालूम है मैं अकेला नहीं हूँ किसी को भी नहीं आता वो एक कॉल, जिसका वादा किसी ने कभी किया होता है।

लखनऊ मेल

मैं दिल्ली से लखनऊ गरिमा से आखिरी बार मिलकर लौट रहा था। ट्रेन कोहरे की वजह से करीब 5-6 घंटे लेट थी। सबसे ऊपर वाली सीट पर एक लड़की थी जो इंजीनियरिंग के दूसरे साल में थी। उसकी नजर बहुत देर से अखबार के रंगीन वाले पन्ने पर थी जिसमें हीरो-हीरोइन के बारे में चटपटा, मसालेदार लिखा होता है। हाँ, उसको जो हीरो पसंद था उसके affair वाली खबर को वो ये मान लेती थी कि अखबार वाले ऐसे ही कुछ भी छाप देते हैं। ट्रेन के सफर की सबसे अच्छी चीज क्या होती है, ये मुझे नहीं मालूम। लेकिन हाँ मैं कभी ट्रेन में बोर नहीं होता। हर बार कुछ-न-कुछ ऐसा मिल जाता है जिसके सहारे पूरा सफर बड़े आराम से कट जाता है।

गरिमा से मेरी आखिरी मुलाकात में मैं उसे और वो मुझे पहली बार फील कर चुके थे। उसने कुछ वादे माँगे थे और कुछ वादे मैंने। उसने बार-बार मुझसे यही कहा था कि मैं कोई अच्छी-सी लड़की ढूँढ़ लूँ। ऊपर से जो लड़की बहुत देर से अखबार के रंगीन वाले पन्ने को देखे जा रही थी

उसने मुझसे अखबर माँगा। मैंने उसको अखबार बढ़ा दिया। थोड़ी देर बाद वो लड़की भी नीचे वाली सीट पे आ गई। रिटायर्ड अंकल, जो मेरे लेट उठने की वजह से मुझे डाँट चुके थे, वो उस लड़की से उसके बारे में पूछने लगे। वो लड़की इस बात से थोड़ा चिढ़ रही थी और ये देख के मैं थोड़ा-थोड़ा हँस रहा था। अंकल और 2-3 लोग अगले स्टेशन पे उतर गए। लखनऊ आने में अभी एक घंटा बाकी था। साइड वाली सीट के couple वैसे ही दुनिया को पीछे जाते हुए देखते रहे।

"बहुत पकाऊ थे न अंकल?" मैंने कहा।

"हाँ, बहुत ज्यादा।"

अंकल बातों-बातों में ही लड़की से उसके बारे में सब पूछ चुके थे। इतना मुझे भी पता चल चुका था कि लड़की लखनऊ में ही इंजीनियरिंग करती है। लखनऊ की रहने वाली है, अभी 2nd इयर में है वगैरह-वगैरह।

ट्रेन अभी रुकी हुई थी और ट्रेन लेट होने की वजह से अब मुझे भी भूख लग रही थी। मैं नीचे उतरकर कुछ लेने का सोच ही रहा था, इतने में वो लड़की बोली-

"Excuse me!"

"हाँ, बताइए।"

"क्या आप मेरे लिए, प्लीज, चिप्स ला देंगे?"

मैंने एक-दो सेकंड कुछ सोचा और कहा-

"हाँ, क्यों नहीं?"

चिप्स लाने के बाद हमारी थोड़ी बहुत बात-वात शुरू हुई। फॉर्मल-सी बातों से वो थोड़ा बोर हो रही थी। उसने पूछा

"Can I ask a personal question?"

"Off course you can." मैंने कहा।

"Do you have girl friend?"

लखनऊ आने से पहले चना जोर गरम वाला बंदा आखिरी बार आया

और बोला–

"5 रूपय के बना दूँ। मजा न आए तो पैसे वापस। मस्त टाइमपास होगा भइया।"

इसके बाद लखनऊ आने तक हमारी दुनिया भर की बातें हुईं। मैंने उसको गरिमा के बारे में सब कुछ बता दिया था।

अक्सर अजनबी लोग बड़े सही रहते हैं, उनको कुछ भी बता दो। अंजान लोग कुछ ही देर में हमारे बारे में इतना जान जाते हैं जितना कभी करीबी नहीं जान पाता। हम अपने करीबी लोगों के लिए भी तो उम्रभर अजनबी ही रहते हैं। इस बंदी ने अपना नंबर बड़ी ही आसानी से मुझे दे दिया और मैंने भी कहा था कि लखनऊ में पक्का मिलते हैं कभी।

मैंने घर जाकर उसी दिन शाम को उस बंदी का नंबर डायल किया भी, लेकिन अगले ही पल मुझे खुद ही लगा कि ट्रेन की बात ट्रेन में ही खत्म करते हैं। मैंने कॉल काट दिया। एक दिन बाद उस बंदी का खुद ही फोन आया। उसने मिलने के लिए कहा और हम अक्सर मिलने लगे।

अक्सर ट्रेन की बातें ट्रेन में ही खत्म नहीं होतीं। शायद इसीलिए मुझे आज भी ट्रेन का सफर बहुत अच्छा लगता है।

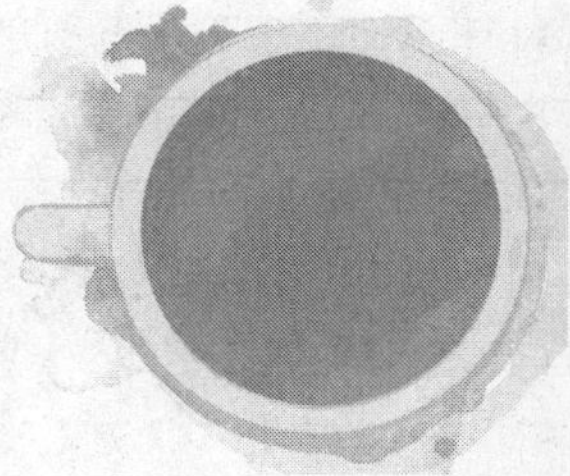

Fill in the blanks

यश्वी किस शहर के कौन-से मुहल्ले में रहती है, ये जान लेने से इस कहानी में कोई फर्क नहीं पड़ेगा। जिस भी शहर के मुहल्ले को आप सबसे अच्छी तरह जानते हों, बस वहीं शाम को यश्वी बाकी बच्चों के साथ खेलती हुई मिल जाएगी। यश्वी है करीब 6-7 साल की। ठीक उतनी ही शैतान, जितनी इस उम्र में कोई बच्ची हो सकती है। पढ़ने में एकदम तेज। खेलने में उससे भी ज्यादा तेज। गर्मी की छुट्टियों में डांस क्लास जाती है और वैसे स्कूल टाइम पर, शाम को खेलने के बाद ट्यूशन। उसको अपनी किताब की सारी poems याद हैं। उसकी क्लास में जहाँ तक किसी बच्चे को जोड़ना-घटाना आ सकता है, उतना उसको भी आता है। यश्वी के बेस्ट फ्रेंड का नाम मयंक

है। वो क्लास में उसी के साथ बैठती है और अपना टिफिन भी केवल मयंक के साथ share करती है। अपनी क्लास वाली notebook भी वो केवल मयंक को ही घर ले जाने के लिए देती है। वो अगले संडे मयंक से शादी करना चाहती है, क्योंकि टीवी के serials में उसने देखा है बेस्ट फ्रेंडस आगे चलकर शादी कर लेते हैं। शादी उसको इसलिए पसंद है क्योंकि शादी में सब लोग आते हैं और सब लोग सुंदर-सुंदर सजते हैं। और खूब सारी फोटो खिंचती हैं।

ऐसे ही मजाक-मजाक में उसने एक बार अपनी मम्मी और नानी से कहा-

"अगले संडे आप लोग मेरी शादी में जरूर आना।"

और नानी भी मजाक में पूछती हैं-

"शादी के बाद मयंक के घर चली जाओगी?" तो यश्वी बोलती है-

"मैं क्यों जाऊँगी, मम्मी भी तो शादी के बाद आपके साथ रहती हैं। मैं भी शादी के बाद मम्मी के पास रहूँगी।"

उसके इस जवाब से नानी झेंप जाती हैं और उसको 'जाओ पढ़ो' बोलकर बात काट देती हैं।

यश्वी की मम्मी कावेरी एक बैंक में नौकरी करती हैं। शादी के बाद करने लगीं, पहले नहीं करती थीं। यश्वी को जब से कुछ भी याद है तब से उसने अपने पापा को नहीं देखा है। यश्वी के पापा जिंदा हैं या नहीं, उससे फर्क नहीं पड़ता। बस सच ये है कि वो यश्वी के लिए नहीं हैं, न ही कावेरी के लिए हैं। यश्वी को कभी अपने पापा के साथ रहने की आदत पड़ी ही नहीं थी। उसके 3 साल के होने से पहले ही उसके पापा ने अलग रहना शुरू कर दिया था और यश्वी की मम्मी को जितनी भी आदत पड़ी थी यश्वी के पापा की, वो इतने दिनों से उनके बिना रहने में छूट गई थी।

यश्वी अपनी नानी के यहाँ रहती है। जहाँ उसकी एक मौसी हैं। जिसकी अभी शादी नहीं हुई है। और शादी न होने की बड़ी वजह यश्वी और यश्वी की मम्मी हैं, ऐसा पूरी कॉलोनी मानती है।

यश्वी के घर मम्मी की कोई सहेली आती है या कोई अंकल आते हैं

नाना से मिलने, तो वो उनसे जरूर पूछती है कि वो लोग कौन-कौन-सी क्लास में हैं। यश्वी के हिसाब से पूरी दुनिया रोज सुबह क्लास करने जाती है और जैसे-जैसे लोग बड़े होने लगते हैं उनकी क्लास का टाइम बढ़ता जाता है।

यश्वी को अपनी मम्मी का मोबाइल नंबर बहुत अच्छे से याद है। उसको अपने नानी के घर का पता भी रटा हुआ है। मम्मी ने बता रखा है कि अगर कभी कहीं खो जाओ तो ये पता याद कर लो और इस मोबाइल पे फोन कर लेना। दुनिया इतनी बुरी नहीं कि तुम्हें कोई अंकल या आंटी घर तक न छोड़ जाएँ। यश्वी स्कूल से आकर सबसे पहले अपनी नानी के मोबाइल से कावेरी को एक बार फोन करती है। हालाँकि कावेरी का नंबर मोबाइल में सेव है लेकिन फिर भी यश्वी एक-एक नंबर दबा के कॉल करती है, ये चेक करने के लिए कि कहीं वो मम्मी का नंबर भूल तो नहीं गई है। मम्मी को फोन मिलाकर जल्दी आने के लिए कहती है और मम्मी भी जल्दी आऊँगी बोलकर रोज लेट हो जाती हैं।

शाम को जब कावेरी कुछ बनाने के लिए किचेन में जाती है तो वो अपनी नानी से बहुत नाराज होती है और कहती है-

"मम्मी का स्कूल सुबह से शाम तक इतना लंबा लगता है। फिर भी आप शाम को उनसे काम कराती हो?"

नानी और कावेरी दोनों ये सुनकर हँस देते हैं। यश्वी उनको किचेन से खींचकर अपने कमरे में ले जाती है और मम्मी से चिपट जाती है। फिर दिन भर का हाल, एक-एक detail के साथ सुनाना शुरू कर देती है। उसकी बातें सुनकर कावेरी की थकान थोड़ी कम होती है। ऐसे ही एक दिन उसने दिन में ही मम्मी को फोन करके बोल दिया-

"एक फॉर्म मिला है स्कूल से। इसमें बहुत सारे Fill in the blanks हैं। सभी बच्चों को कल भर के ले जाना है। आज आप जल्दी आ जाना।"

"ओके मेरा बच्चा, आज पक्का।" कावेरी अपने सामने पड़ी फाइलें देखते हुए कहती है।

"आज आप जल्दी नहीं आए तो कट्टी!"

"आ जाऊँगी मेरा बच्चा!"

"Ok bye. पुच्ची!" कहकर यश्वी ने फोन काट दिया और फॉर्म को बैग से निकाल कर देखने लगी।

फॉर्म में दुनिया भर के Fill in the blanks थे।

Name..............................

Date of Birth.....................

Father's Name.................

Mother's Name...............

Address.........................

Phone Number...........

फॉर्म को 2-3 बार देख लेने के बाद यश्वी ने फॉर्म को संभालकर बैग में रख दिया और मम्मी के आने का इंतजार करने लगी। वैसे तो वो खुद ही फॉर्म भर सकती थी लेकिन उसने मम्मी का इंतजार किया। उस दिन कुछ ऐसा हुआ कि कावेरी को आने में बहुत ज्यादा देर हो गई। इतनी देर कि यश्वी मम्मी से फोन पर देरी की वजह से नाराज होकर रो-रो कर सो चुकी थी।

अगले दिन मैम ने क्लास में सबसे फॉर्म माँगे। करीब-करीब सभी बच्चे फॉर्म भरकर लाए थे लेकिन यश्वी फॉर्म नहीं भर पाई थी। यश्वी का सारा काम हमेशा पूरा रहता था, इसलिए मैम गुस्सा नहीं हुईं। उन्होंने कहा- "एक काम करो, मुझे बताते जाओ मैं भर देती हूँ।"

यश्वी तुरंत तैयार हो गई और उसने कहा-

"जो Fill in the blanks मुझे सबसे अच्छे से आते हैं, वो आप पहले भर दीजिए।"

यश्वी ने बताना शुरू कर दिया। बस एक Fill in the blanks बाकी रहा। वो था Father's name वाला। मैम को लगा वो मजाक कर रही है लेकिन बार-बार पूछने पर भी यश्वी नाम नहीं बता पाई। मैम थोड़ा गुस्सा हुईं और उन्होंने कहा-

"कल पक्का भरकर लाना। लेकर जाओ फॉर्म। पता है न, जो भी फॉर्म

पूरा भरकर नहीं लाएँगे वो आगरा tour पर नहीं जाएँगे।''

यश्वी का, tour पर पूरी क्लास के साथ आगरा जाने का बहुत मन था। बस स्कूल से आते ही उसने मम्मी को फोन लगाया और मम्मी के हैलो बोलते ही रोने लगी। बच्चों को कई बार जी भर रो लेने देना चाहिए। 'हर बार चींटी मर गई' वाला झूठ बोलने से दुनिया के किसी हिस्से में एक सच चुपचाप मर जाता है।

कावेरी उस दिन जल्दी घर आ गई और आते ही यश्वी को कल के लिए बार-बार सॉरी कहा। लेकिन यश्वी कहाँ मानने वाली थी। वो इस बात के लिए बहुत नाराज थी कि मम्मी ने उसको इतना कुछ सिखाया लेकिन father's name क्यों नहीं याद कराया है। कावेरी ने फॉर्म लिया उसमें अक्षय अरोरा नाम डाला और अपने पर्स से खूब सारी chocolate यश्वी को दीं। यश्वी अब खुश थी कि अब वो आगरा जा पाएगी। उसने भरा हुआ फॉर्म बैग में रखने से पहले एक बार ध्यान से देखा और father's name वाला fill in the blanks भरा हुआ देख के खुश हुई और बोली-

''इतना simple नाम है। आप मुझे इसकी spelling याद करा देना। आगे से मैं खुद ही भर लूँगी।''

ये सुनकर कावेरी बहुत देर तक यश्वी को देखती रही और उसको अक्षय पर बहुत गुस्सा आया। कुछ चोटों के निशान समय के साथ मिटते नहीं बल्कि और गहरे होते हैं। अक्षय के जाने के बाद उसे इतना गुस्सा नहीं आया था, जितना उस दिन आया।

यश्वी आगरा जाने के लिए तैयार थी और बहुत खुश भी थी। मयंक भी जा रहा था। दिन तय था सभी बच्चों को बोला गया था सुबह 6 बजे स्कूल पहुँच जाएँ। यश्वी भी टाइम से पहुँच गई और मयंक को ढूँढ़ने लगी। थोड़ी देर में मयंक अपने मम्मी और पापा के साथ आया। दोनों के parents आपस में मिले। उनकी बहुत देर तक बात भी हुई। यश्वी-मयंक खिड़की वाली सीट के पास बैठ गए। वैसे तो मयंक को भी विंडो सीट ही चाहिए होती थी लेकिन यश्वी के लिए उसने जगह छोड़ दी। यश्वी ने खुश होते हुए कहा-

''आगरा से वापिस आते टाइम तुम विंडो सीट ले लेना मयंक,

ओके ?''

दोनों ने खिड़की से अपने घरवालों को bye किया। घरवालों ने कहा कि लड़ना मत और टीचर का हाथ मत छोड़ना। दोनों ने एक साथ हाँ कहा और promise किया।

बस अभी आगे बढ़ी ही थी कि मयंक ने यश्वी से पूछा-

''तुम्हारे पापा क्यों नहीं आए तुम्हें छोड़ने ?''

''मेरे पापा नहीं हैं।'' यश्वी ने खिड़की से बाहर झाँकते हुए कहा।

''नहीं हैं मतलब! सबके होते हैं। जैसे चाचा-चाची होते हैं। जैसे मौसी-मौसा होते हैं। जैसे भइया-भाभी होते हैं वैसे ही मम्मी-पापा होते हैं पागल।'' मयंक ने यश्वी को समझाते हुए कहा।

''मेरी केवल मम्मी हैं और हाँ, तुम पागल।'' यश्वी ने अंदर देखते हुए कहा और फिर दुबारा बोली-

''तुम्हें खिड़की पर जब आना हो तो बता देना। अब बाहर बस कुछ farmers और खेत दिख रहे हैं।''

''पापा वो होते हैं जिनसे मम्मी की शादी हुई होती है, समझी ?'' मयंक ने कहा।

''तुम अपने मम्मी-पापा के शादी में गए थे ?'' यश्वी ने पूछा।

''हाँ गया था।''

''झूठ।''

''नहीं, actually नहीं गया था। वो वैसे भी मुझे कहीं लेकर नहीं जाते।'' मयंक ने बड़ी ही मासूमियत से कहा।

इसके थोड़ी देर बाद मयंक खिड़की वाली सीट पर आ गया और यश्वी ने मन-ही-मन सोच लिया कि वापिस लौटकर सबसे पहले मम्मी से पापा के बारे में पूछेगी। सवालों ने दुनिया में जबाब कम, सवाल ही ज्यादा पैदा किए हैं। ऐसे सवाल जिनके जवाब नये सवाल ही होते हैं।

इधर कावेरी जब घर आई तो यश्वी की नानी ने उसको अपने पास बुलाया और कहा-

"बहुत दिनों से एक बात कहना चाह रही हूँ।"

"मैं दुबारा शादी नहीं करूँगी। यही बात करनी है न आपको?" कावेरी ने गुस्से में कहा।

"हाँ, लेकिन अपनी छोटी बहन की तो सोच।"

"क्या सोचूँ?"

"एक काम कर ले। थोड़े दिन किसी दूसरे शहर में नौकरी कर ले। तब तक छुटकी की शादी भी तय हो जाएगी।" यश्वी की नानी बोलते-बोलते रोने लगीं।

कावेरी उस दिन बिना नाश्ता किए ऑफिस चली गई। अक्षय पर उसको और भी ज्यादा गुस्सा आया। गुस्सा इसलिए भी ज्यादा था क्योंकि न साथ रहकर भी वो कावेरी और यश्वी की जिंदगी में एक 'fill in the blank' की तरह था। वो ऐसा सवाल था जिसका जवाब कावेरी पहले ही गलत कर चुकी थी। उसने शाम को आने से पहले सोच लिया था कि अब वो यश्वी के नानी का घर छोड़ देगी। यश्वी 3 दिन के tour पर थी। उस दिन शाम कावेरी को घर बिल्कुल सूना-सूना लगा। ऐसा जैसे कि एक अकेले यश्वी ही अपने-आप में पूरा परिवार थी।

अगले दिन सुबह उठते ही कावेरी ने अपनी मम्मी को बता दिया कि उसने ऑफिस में ट्रांसफर की बात कर ली है। यश्वी के स्कूल का session मार्च में खत्म हो रहा है, अप्रैल तक वो चली जाएगी। यश्वी की नानी थोड़ा रोईं लेकिन छुटकी की शादी के ख्याल ने उनको मजबूत बना दिया।

पता नहीं अगर कभी कोई हिसाब लगाता कि समाज ने कितने घरों को जोड़ा और कितनों को तोड़ा है तो शायद ही समाज दुनिया की किसी भी कॉलोनी में मुँह दिखाने लायक बचता। कॉलोनियाँ इतनी बड़ी होकर भी किसी यश्वी, किसी कावेरी को इतनी जगह नहीं दे पातीं, जहाँ वो बिना किसी सवाल के साथ रह पाएँ। ये कब शुरू हुआ पता नहीं, लेकिन अब सही में बड़ी-छोटी कॉलोनियाँ बनती हैं। कॉलोनी एक बार को बड़ा बना भी लें तो भी हम समाज का साइज छोटा ही पसंद करते हैं। इन सब के बीच समाज भी चुपचाप पड़ा रहता है। बस त्योहारों पर अलग-अलग कॉलोनियों

से निकलकर सड़क पर उस समय के item song पर नाच कर दिखा देता है कि उसका साइज कितना बड़ा है और लोग उसके लिए कितना पागल हैं! ऐसे कभी-कभी सड़क पर निकलने से, समाज और उसमें रहने वाले लोगों दोनों को बड़ा सुकून मिलता है।

तीन दिन बाद यश्वी आ गई और आते ही उसने मम्मी को जोर से गले लगाया। गाल पर 2-3 पुच्ची कर दी और उसके बाद आगरा tour की एक-एक चीज कावेरी को detail में बताने लगी। नानी ने बीच में कुछ पूछा भी तो वो बड़े ही confidence से बोली-

"आपको क्या पता, आप कभी आगरा गए भी हो?" इस पर सब लोग हँस दिए। छुटकी बहुत हँसी। नानी छुटकी से कम हँसीं और कावेरी सबसे कम। यश्वी आगे बोली-

"मयंक ने promise किया है कि वो मेरे लिए ताजमहल बनवाएगा। शाहजहाँ मुमताज महल का बेस्ट फ्रेंड था पता है आपको?" इस बार कमरे में सब लोग बराबर हँसे।

यश्वी ने नानी और छुटकी के जाने के बाद अपनी मम्मी से पूछा-

"मम्मी मेरे पापा कहाँ है। जैसे मयंक के हैं?"

कावेरी इस सवाल से थोड़ा चौंकी। लेकिन ये सवाल आज नहीं तो कल आना ही था। उसने यश्वी को अपने पास बुलाकर उसकी पुच्ची लेते हुए कहा-

"पापा नहीं हैं। वो कहीं और रहते हैं।"

"कहाँ?"

"बहुत दूर?" कावेरी ने छत की तरफ देखते हुए कहा।

"कितना दूर। आगरा से भी ज्यादा दूर?" यश्वी ने छत में पापा को ढूँढ़ते हुए पूछा।

"हाँ, आगरा से भी दूर।"

"तो, वो कब आएँगे, next parents teacher meeting में आप उनको बोलना आने के लिए?"

"तुमको चाहिए पापा?"

"हाँ, और क्या सबके होते हैं!"

"एक बात बताओ, आपने शादी की थी?"

"हाँ।"

"किससे?"

"तुम्हारे पापा से।"

"फिर वो अब कहाँ हैं और आप मुझे लेकर क्यों नहीं गईं अपनी शादी में। मयंक के मम्मी-पापा भी उसको अपनी शादी में लेकर नही गए थे?" यश्वी ने बिलकुल मयंक वाली मासूमियत के साथ पूछा।

कावेरी को कुछ समझ नहीं आया कि वो क्या जवाब दे। अक्सर जब कावेरी को कुछ समझ नहीं आता था तो एक आँसू की लकीर बिना कुछ कहे बाहर निकल जाती थी। यश्वी अभी तक बस इतना जानती थी कि चोट लगने पर लोग रोते हैं। वो तुरंत बोली-

"इतने बड़े बच्चे नहीं रोते, मम्मी।" ये सुनकर कावेरी ने अपने आप को संभाला और यश्वी से बोली-

"तुम्हारे पापा कभी नहीं आएँगे। वो कहीं और रहते हैं।"

"एक parents teacher meeting में भी नहीं?"

"नहीं, कभी नहीं।"

"कोई बात नहीं। आप मुझे उनके नाम की spelling याद करा देना सही से, बस फॉर्म में ही उनकी जरूरत पड़ती है।" यश्वी ने टीवी का रिमोट उठाते हुए कहा।

"तुम्हारी मम्मी ही तुम्हारी पापा हैं न?" कावेरी ने अपने आप को पूरी तरह संभालते हुए कहा।

"ये तो और भी अच्छा है। आपके नाम की spelling तो मुझे पहले से ही याद है। extra याद भी नहीं करना पड़ेगा।"

यश्वी ऐसे ही रोज नये सवालों के साथ बड़ी होने लगी और दुनिया वही सवाल सुन-सुनकर बूढ़ी होने लगी। समाज कॉलोनियाँ के अंदर घरों में

चटपटी खबरें खाकर मोटा होता रहा। आखिरकार यश्वी का session खत्म हुआ। कावेरी ने ट्रांसफर ले लिया था और उस शहर की कॉलोनी को दुबारा छोड़कर चल दी। हाँ, पहले वो यश्वी के पापा के साथ शादी के बाद गई थी। इस बार यश्वी के साथ थी। तब बैंड बजा था। शोर हुआ था। सब खुश थे और समाज भी खुश था। अब भी समाज खुश है। यश्वी घर में जितनी जगह में रहती थी और कॉलोनी में जितनी जगह में खेलती थी, स्कूल में जितनी जगह में बैठती थी वो जगह अब सूनी हो गई है। लेकिन किसी को कोई फर्क नहीं पड़ा सिवाय मयंक के।

कावेरी यश्वी को लेकर किस नये शहर में गई ये जान लेने से भी इस कहानी में कोई फर्क नहीं पड़ेगा। बस वो शहर पुराने शहर से मिलता-जुलता शहर है। वैसे भी सारे शहर आपस में काफी कुछ मिलते-जुलते ही हैं। रहने वाले लोगों की शक्लें भी कितनी मिलती हैं। सारे सवाल, सारे जवाब, सारी परेशानियाँ सब हमशक्ल ही तो हैं। यश्वी नये शहर में आकर बहुत खुश थी, बस मयंक की उसको याद आती थी। कभी-कभी नानी की भी। नया स्कूल पुराने वाले स्कूल से बहुत बड़ा था। नये स्कूल का फॉर्म भी पुराने वाले स्कूल के फॉर्म से मिलता-जुलता था। इस बार जब यश्वी को फॉर्म भरने को दिया गया तो उसने father's name वाले fill in the blanks में अपनी मम्मी कावेरी का नाम डाल दिया और नाम लिखने के बाद उसकी spelling चेक करके बहुत खुश हुई। घर पर जब वो फॉर्म लेकर आई तो कावेरी ने भी फॉर्म में father's name सही नहीं करवाया। कुछ गलतियाँ सही करते ही और भी गलत हो जाती हैं। कावेरी ने भी यही किया। जो थोड़ा बहुत डर था उसे कि वो यश्वी को अकेले कैसे बड़ा करेगी, वो डर उस दिन यश्वी ने फॉर्म भरकर दूर कर दिया।

थोड़े दिन बाद छुटकी की शादी भी धूमधाम से हुई। करीबी रिश्तेदार और पूरी कॉलोनी को छुटकी की शादी में invite किया गया था। यश्वी की नानी ने कॉलोनी में सबको बता रखा था कि यश्वी अब अपने पापा के साथ रहती है और यश्वी के घर आते ही ये समझाने की कोशिश की उन्होंने कि कोई पूछे तो वो भी यही बताए। इस बात से कावेरी बहुत नाराज हुई। लेकिन वो छुटकी की शादी में घर का माहौल खराब नहीं करना चाहती थी। इसलिए

शादी के तुरंत बाद ही वो यश्वी को वापिस लेकर चल दी। छुटकी की विदाई के साथ ही कावेरी ने भी इस कॉलोनी को तीसरी और आखिरी बार हमेशा के लिए छोड़ दिया।

मयंक स्कूल में तब तक यश्वी के लिए जगह बचाकर रोककर रखता रहा जब तक एक दिन वो उसे भूल नहीं गया। उधर यश्वी भी मयंक का तब तक इंतजार करती रही, ताजमहल वाले promise और अपनी शादी के बारे में सोचती रही जब तक वो एक दिन मयंक को भूल नहीं गई। बची कावेरी। हाँ, बची कावेरी। कभी मम्मी बनकर, कभी पापा बनकर, तो कभी fill in blanks बनकर।

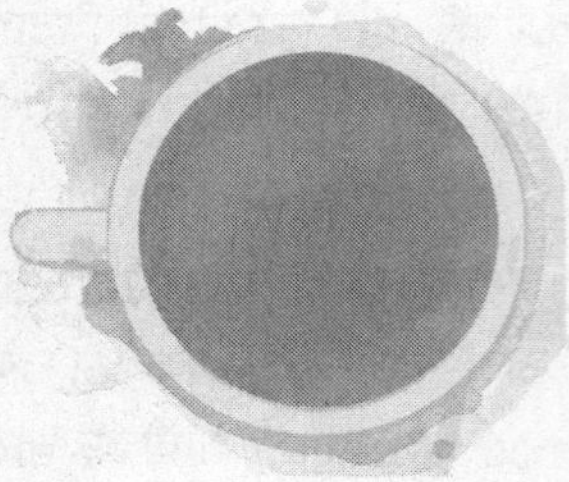

हम दो हमारा एक

अक्सर गलत और सही धीरे से अपनी जगह आपस में बदल लेते हैं और दुनिया में किसी को कानों–कान खबर नहीं होती। ऐसा कहा और माना दोनों जाता है कि शादी के बाद किसी भी औरत को पराये आदमी की तरफ और किसी भी आदमी को पराई औरत को उस नज़र से नहीं देखना चाहिए। लेकिन सच तो यही है कि ऐसा केवल कहा और माना जाता है। और जो कुछ भी दुनिया में कहा और माना जाता है वैसा होता भी हो, ऐसा बहुत कम होता है। शादी के बाद किसी औरत या आदमी का पराये आदमी या औरत को उस नजर से देखना सही नहीं होता है, हो सकता है ये सच बहुत दिनों तक दुनिया का सच रहा भी हो। लेकिन ये ऐसा सच नहीं था जिसके साथ

दुनिया आगे चलना चाहती थी।

मुहल्ले में कई सारे घर थे। कई सारे बच्चे। कई सारे अंकल और कई सारी आंटियाँ थीं। शाम को सारी बूढ़ी आंटियाँ इकट्ठा होकर अपने-अपने घरों की बहुओं की बुराई करती थीं और जब भी मुहल्ले भर ही भाभियाँ इकट्ठा होती थीं तो वो उन बुड्ढी आंटियों की बुराई करती थीं। अपने पतियों के बारे में एक दूसरे को बताती थीं। कुछ भाभियाँ जो करीबी सहेलियाँ बन गई थीं, वो अपने दिन और रात दोनों के किस्से detail में एक-दूसरे को बताती और खुश होती थीं।

मेरी उम्र अब मुहल्ले वाले बच्चों के साथ खेलने से थोड़ी-सी ज्यादा हो गई थी। मैंने कॉलेज जाना शुरू कर दिया था। हम लोगों का घर तीसरी मंजिल पर था। सामने वाला घर वहाँ से एकदम साफ दिखता था। सामने एक भइया-भाभी रहते थे। भइया के मम्मी-पापा साल में एक-दो बार घर पर आया करते थे। भइया किसी ऑफिस में काम करते थे और भाभी एक स्कूल में अंग्रेजी पढ़ाती थीं। दोनों हमेशा एक-दूसरे को छेड़ते, मजाक उड़ाते ही मिलते थे। ऐसा लगता ही नहीं था कि उनकी love marriage नहीं हुई हो। सभी त्योहारों पर वो दोनों घर आते, आशीर्वाद लेते।

वैसे तो हमारे शहरों और मुहल्लों में ऐसे भइया-भाभी बहुत ही कॉमन हैं जिनके बीच की कैमिस्ट्री को देखकर कभी लगेगा ही नहीं कि इनकी arranged marriage हुई होगी। सामने वाली कविता भाभी और जतिन भइया ऐसे ही थे। जब भी वो घर आते तो मम्मी हमेशा उनकी नजर उतारतीं और उनके हम दो हमारे तीन होने वाले प्लान के बारे में याद दिलातीं। जिस पर वो दोनों ही शर्माते हुए ठीक वैसा ही react करते जैसा कि अमूमन शहरों और मुहल्लों में किया जाता है।

मेरी भइया और भाभी से बहुत पटती थी। कभी ऐसा लगा ही नहीं कि वो सगे भइया नहीं हैं। वो लोग अक्सर शाम को गली में जगह बनाकर नेट डालकर बैडमिंटन खेलते थे। कई बार कविता भाभी भी मेरे और भइया के साथ खेलतीं। हम लोगों को रोज खेलते हुए देखकर मुहल्ले की कई और भाभियों को ये ख्याल आया कि वो अपने पहले बच्चे के बाद थोड़ा बदल

गईं हैं इसलिए अपने-आपको पहला जैसा करने के लिए उन्होंने भी खेलना शुरू कर दिया था।

एक बार मम्मी की तबीयत बहुत खराब हुई तो भइया ही मम्मी को रात में लेकर अस्पताल गए। मम्मी को diabetes detect हुआ। जिसको सुनकर मैं बहुत देर तक रोता रहा तो भाभी ने मुझे वैसे ही समझाया जैसे मम्मी समझाती थी। मम्मी की तबीयत खराब होने के बाद से भाभी ही जैसे मेरी मम्मी हो गई थीं। रोज एक बार घर आना हाल चाल पूछना। शुरू में तो भइया भी रोज आते थे लेकिन धीरे-धीरे उनका रोज का आना केवल संडे-संडे आने तक रह गया। लेकिन भाभी रोज शाम को आती रहीं। कई बार जब पड़ोसियों को आना बहुत ज्यादा हो जाता है, तो दोनों घरों में जो भी सब्जी बनती है, थोड़ी ज्यादा बन जाती है। भाभी रोज थोड़ी-सी सब्जी या फिर जो भी चीज बनी, को एक कटोरी में ले आतीं और टेबल पर रखते हुए कहतीं-

"थोड़ी ज्यादा बन गई थी। बिट्टू खा लेगा।"

और उन दिनों मुहल्लों में पड़ोसी के किसी भी बर्तन को खाली लौटाने का चलन नहीं था। तो मम्मी भी इसके बाद जो बना होता उसको कटोरी में वापस भरकर देतीं और कहतीं-

"ज्यादा तो नहीं है। लेकिन चख के बताना कैसा है।"

रोज का यही सिलसिला था। एक दिन मम्मी ने दिन में कुछ स्पेशल बनाया और मुझे देते हुए बोलीं- "देखो सामने कविता आ गई हो तो ये दे आओ। दिन में खा लेगी।"

मैं कटोरी लेकर उनके घर पहुँच गया। घंटी बजाई लेकिन कुछ देर तक दरवाजा नहीं खुला तो मैं लौटने लगा। तभी दरवाजा खुला।

"मम्मी ने कुछ भेजा है।" मैंने कटोरी आगे बढ़ाते हुए कहा। कटोरी हाथ में दी और चलने लगा।

"अंदर आ जाओ, कटोरी लेते जाओ।" भाभी ने दरवाजे से हटते हुए कहा।

मैं अंदर आ गया। भाभी किचेन में गईं। वहाँ पर कटोरी खाली की और

जो सब्जी उन्होंने बनाई थी वो हमारी वाली कटोरी में डालकर मुझे दे दिया। जब वो मुझे कटोरी दे रही थीं तब मेरी नजर उनकी आँखों पर गई। उनकी आँखें एकदम सूजी हुई थीं। जैसे कि बहुत रोई हों।

''क्या हुआ आपको भाभी?''

''क्या?''

''आप रो रही थीं?''

''नहीं तो...'' ये कहते ही भाभी अपने-आप को रोक नहीं पाईं और बहुत जोर से रोने लगीं। रोते ही उनको लगा कि मेरे सामने नहीं रोना चाहिए। तुरंत ही अपने आँसू पोछकर बोलीं-

''किसी से कहना मत।''

''आपको हुआ क्या है। भइया ने कुछ कहा क्या?'' ये बोलते ही मुझे लगा मैं शायद ज्यादा बोल रहा हूँ। मैंने तुरंत ही सॉरी बोल अपनी कटोरी लेकर वहाँ से चल दिया। मुझे कुछ समझ नहीं आ रहा था।

घर आकर मैंने मम्मी को कटोरी दे दी और खाना खाने के बाद अपने कमरे में आ गया। मुझे लगा शायद भइया से लड़ाई हुई होगी। मम्मी भी जब पापा जी से नाराज होती थीं तो कई बार वो रो देती थीं। उसी दिन शाम को जब भाभी घर आईं तो जानबूझकर मैं कॉलेज का कुछ काम बताकर घर से चल दिया। पता नहीं क्यों लेकिन उस दिन मैंने भाभी को पहली बार avoid किया। ऐसा लग रहा था कि सामने वाले घर का कोई राज मुझे पता चल गया है जिसको मैं केवल अपने तक ही रखना चाहता था। इसके बाद कई दिनों तक मम्मी के कहने के बावजूद भी मैं कभी सामने उनके घर नहीं गया। कोई-न-कोई बहाना बनाकर मैं मना ही कर देता। उस दिन के बाद से भाभी मेरे लिए भाभी जैसी नहीं रहीं।

एक संडे शाम को जब भइया-भाभी दोनों घर आए हुए थे तो मुझे देखते ही भइया बोल पड़े-

''आजकल खेलने नहीं आते। पेपर चल रहे हैं क्या?''

''हाँ, पेपर होने वाले हैं। इसीलिए।'' मैंने कहा।

“बढ़िया है। पढ़ो यार, लेकिन कभी-कभी खेलने में कोई नुकसान नहीं है।” भइया ने मम्मी की तरफ देखते हुए कहा-

“आंटी कल से पक्का भेजिएगा बिट्टू को।” कविता भाभी ने मम्मी का हाथ पकड़ते हुए कहा और मेरी तरफ देखा। उस दिन कई दिनों बाद मैंने भाभी की आँखों की तरफ देखा और उसमें दूर-दूर तक कोई आँसू नहीं दिखा। मुझे भी लगा मैं फालतू में ही इतने दिनों से पता नहीं क्या-क्या सोच रहा था। कोई वैसी ही छोटी-मोटी लड़ाई हुई होगी। जिन लड़ाइयों के बिना न दुनिया चलती है और न ही घर।

अगले दिन फिर से मम्मी ने कुछ दिया। मैं गया और घंटी बजाई। भाभी ने दरवाजा खोला। मैंने उनकी नजर बचाकर उनकी आँखों में देखा। दूर-दूर तक आँसू नहीं थे। मैंने कटोरी बढ़ाई। भाभी ने अंदर घर में बुलाया। कटोरी में कुछ भरा और कटोरी वापस दे दी। मैं वापस आने के लिए चलने लगा तभी भाभी ने पीछे से आवाज लगाई।

“बिट्टू, 2 मिनट रुको।”

“बताइए भा....भी।” मैंने कहा। भाभी ने मुझे सामने सोफे पे बैठने का इशारा किया और मेरे पास आकर बैठ गईं।

“तुम्हें पता है, क्यों रो रही थी मैंने उस दिन?”

“नहीं..भइया से झगड़ा हुआ होगा न। मम्मी भी कभी-कभी ऐसे ही रोती थीं जब हम छोटे थे।” मैंने वैसे ही कहा। जैसे मुझे सब पता हो और मैं सामने टीवी की तरफ देखने लगा।

“नहीं... ये बहुत अच्छे हैं। मुझे बहुत खुश रखते हैं। हर एक छोटी-बड़ी चीज का ख़्याल रखते हैं।” भाभी ने अपने बालों का जूड़ा बनाते हुए कहा।

“फिर। क्यों...छोड़िए मुझे नहीं पूछना चाहिए।” इतना कहकर मैं वहाँ से चलने लगा।

“नहीं, ऐसी बात नहीं है। ये बहुत अच्छे हैं। इसीलिए मुझे डर लगता है।”

''मैं समझा नहीं।''

''तुम किसी से कहोगे तो नहीं?''

''नहीं।''

''मुझे मालूम है, तुम नहीं कहोगे।'' भाभी ने कहा। ये सुनकर मुझे थोड़ा बुरा लगा। भाभी ने दुबारा बोलना शुरू किया-

''शादी से पहले मैं एक लड़के को बहुत प्यार करती थी। वो हम लोगों की cast का नहीं था। जिस दिन मेरी शादी हुई उसके अगले दिन ही उसने....उसने....उसकी कभी-कभी बहुत.... याद...''

इतना कहते-कहते भाभी बहुत जोर-जोर से रोने लगीं। मैंने उनको चुप कराना ठीक नहीं समझा। लेकिन जब वो बहुत देर तक चुप नहीं हुईं तो मैं सामने किचेन से पानी लेकर आया और उनकी तरफ बढ़ाया। पानी पीकर उन्होंने मुझे बहुत जोर से पकड़ लिया। फिर बहुत देर तक रोती रहीं। उतनी देर न मैं अपने-आप को छुड़ा पाया, न ही मेरा मन किया। जब वो बहुत देर तक रो लीं, तो बोलीं-

''हम लोग सब कुछ तो सबको नहीं बता सकते न, कुछ रह जाता है हमेशा।''

''मैं समझा नहीं, आप सब बता तो रही हो मुझे।''

''हाँ, लेकिन सब तो नहीं बता सकती न। कुछ हमेशा ऐसा होता है, जो हम किसी से भी नहीं कह पाते। किसी से भी।''

''मैं नहीं मानता।'' मैंने कहा

''तुम नहीं समझोगे। जब बड़े होगे तब समझ आएगा।'' भाभी ने अपने बचे हुए आँसू चुन्नी से पोंछे और सामने बेसिन में मुँह धोया। मुझे अपने पास बुलाकर गले लगा लिया। हम यूँ ही कुछ देर बिना कुछ बोले बैठे रहे। एक दूसरे की साँसे सुनते हुए। मैं पहली बार किसी के ऐसे गले लगा था। मुझे एक बार भी गलत और सही का ख्याल नहीं आया। उस दिन के बाद से मैं भाभी के लिए बिट्टू से थोड़ा बड़ा हो गया। बाकी मुहल्ले और अपने घर के लिए मैं अभी भी बिट्टू ही था। सालों के बीतने से भले उम्र बढ़ती हो

लेकिन बड़े तो हम ऐसे ही किसी दोपहर, शाम या रात में एकदम से हो जाते हैं। वो बात अलग है कि मुहल्ले वाले लड़कियों के बड़े होने पर ज्यादा ध्यान देते हैं। उस दिन जब मैं वापस घर आया तो मम्मी ने पूछा-

''बड़ी देर कर दी?''

''भाभी सब्जी बना रहीं थीं। उन्होंने कहा 20 मिनट रुक जाओ होने वाली है। इसलिए देर हो गई।''

ये झूठ बोलने से पहले मुझे एक भी सेकंड सोचना नहीं पड़ा।

उस दिन शाम को भाभी बैडमिंटन खेलने आईं। सब कुछ इतना नॉर्मल था कि मुझे लगा कि दिन में जो हुआ, सपना था। बीच-बीच में मेरी नजर मिलती तो हम दोनों बस उतना मुस्कुराते जितना बस मैं और वो ही देख पाते। आँसू बड़े अजीब होते हैं अक्सर रिश्ते टूटते वक्त अपनी शक्ल दिखाते हैं तो कभी-कभार आँसू रिश्ते की शुरुआत करते हैं। हमारे रिश्ते की शुरुआत ऐसे ही हुई थी। वैसे तो वो मेरी भाभी ही थीं लेकिन उस दिन के बाद से मुझे पहली बार लगा कि भाभी, भाभी से कुछ ज्यादा भी हो सकती हैं। इसके बाद न मैंने उस लड़के के बारे में कभी पूछा न ही भाभी ने मुझे कुछ बताया। लेकिन जब भी मैं उनके घर जाता तो केवल 5 मिनट में नहीं लौट पाता। हमारी दुनिया भर की बात होतीं। मुहल्ले वाले और भाभियों की शिकायत से लेकर मेरी कॉलेज वाली फ्रेंड पल्लवी तक। मैं जितने आराम से भाभी से सब कुछ बता पाता उतना कभी अपने किसी करीबी दोस्त को भी नहीं बोल पाता।

बड़ा अजीब होता है। कई छोटी-छोटी बातें हम कभी किसी को नहीं बताते और कितनी ही बड़ी बातें इतने आराम से किसी दूसरे को बोल देते हैं। मैं जब भी उनके घर दिन में जाता तो उनको कभी नमस्ते नहीं करता। हाँ, जब भी वो भइया के साथ मिलतीं तभी मेरे मुँह से नमस्ते निकलता। कभी भी अकेले मिलने पे ये सब formality करनी है, ऐसा लगा नहीं। जब कभी हम दुनिया भर की बात कर रहे होते तो बोलते-बोलते भाभी कई बार एकदम से रुक जातीं। मुझे अपने गले लगा के कुछ नहीं बोलतीं बस रोने लगतीं। मेरे कितना भी पूछने पे कुछ नहीं बोलतीं। मैं ज्यादा पूछने की कोशिश करता भी

तो मुझसे बस इतना कहतीं-

''बस चुप रहो थोड़ी देर। कुछ बोल के सब खराब मत करो।''

इस बात का मतलब मैं कभी भी समझ नहीं पाता। बस मैं उनकी बात मान लेता। एक बार ऐसे ही जब वो रो रही थीं तो मैंने कहा-

''एक बार आप सब बोल दो तो शायद अगली बार रोने की जरूरत न पड़े।''

''इसीलिए तो सब बोल नहीं सकती। सब कुछ नहीं कह सकते न हम लोग। कुछ चीजें केवल हमारी होती हैं।''

मुझे बार-बार ये सुन के लगता कि भइया शायद उनके उतना करीब नहीं हैं जितना हम लोगों को बाहर से देखकर लगता है। इसीलिए मैंने एक बार उनसे पूछा-

''भइया में कोई कमी है क्या?''

''कमी मतलब?'' भाभी ने पूछा।

''मतलब, मैंने दोस्तों से सुना है कि कई बार...सॉरी मुझे नहीं पूछना चाहिए। ये आप लोगों की personal बात है।''

''नहीं, पूछो।''

''मतलब, भइया ठीक तो हैं न? मतलब...''

''ठीक मतलब?''

''ठीक मतलब... bed पे।'' मैंने कहा। हालाँकि बोलने के बाद मैं उनसे आँख नहीं मिला पा रहा था।

''हम्म..वो अच्छे हैं।'' भाभी ने बड़े ही normally कहा।

''तो?''

''मैं ही सही नहीं हूँ। उसको ही सोचती हूँ आज भी। इसीलिए शायद उस 'वक्त' लड़कियाँ तुरंत आँखें बंद कर लेती हैं। आँखें बंद करने पर वही दिखता है जो तुम देखना चाहो। तुम अभी नहीं समझोगे।''

''मैं सब समझता हूँ।'' ये सुनकर वो बहुत जोर से हँसी और बोलीं-

"अच्छा! सब समझते हो, कब से?"

मुझे समझ में आना शुरू हो चुका था कि लड़के और लड़की के बीच क्या-क्या हो सकता है। फिर भी मैंने कुछ सोचकर कहा-

"आप एक चीज बताइए मुझे।"

"पूछो।"

"पक्का बताओगी तब पूछूँगा।"

"हाँ, पक्का।"

"नाम क्या था उसका?"

ये सुनकर वो थोड़ा हिचकिचा गईं और मुझे अपने पास लाकर बोलीं-

"नाम नहीं बता सकती। कुछ और पूछ लो।"

"नहीं, मुझे नाम बताओ..." पता नहीं क्यों मैंने थोड़ी जिद की।

"नहीं बता सकती। सब कुछ नहीं बताया जा सकता।"

उस दिन पहली बार मुझे भाभी दोस्त जैसी नहीं लगीं। मुझे वो वैसी ही लगने लगीं जैसे किस्से मैंने सुन रखे थे। मैं वहाँ से चल दिया और गुस्से में कई दिन तक उनके घर नहीं गया। मुझे यही लगता रहा कि कैसी औरत है! भइया के साथ रहकर भी उस लड़के के बारे में सोचती रहती है और ऐसा करनी वाली ये दुनिया में इकलौती नहीं है, भइया भी शायद यही करते हों। ये भी एक तरह का धोखा है जिसके साथ दुनिया ने चुपचाप रहना सीख लिया है। दो लोगों के बीच में कोई तीसरा हो इसके लिए ये जरूरी नहीं कि सच में वहाँ 3 लोग हों।

इसके कई दिन बाद जब मैं घर गया तो इससे पहले कि मैं कुछ बोलता, भाभी बोलीं-

"नाराज हो?"

"नहीं।"

भाभी ने दुबारा पूछा-

"बहुत नाराज हो?"

"हाँ, बहुत।"

"नाम जान के क्या करोगे?"

"नाम की बात नहीं है। बात सब कुछ बताने की है।"

"बता दूँगी नाम, एक दिन।"

"रहने दो। मुझे अब जानना ही नहीं है।" मेरा गुस्सा अभी भी कम नहीं हुआ था।

"ठीक है।" भाभी ने बोला और मुझे अपने पास बुलाकर गले लगा लिया बहुत जोर से। और मेरे काम में फुसफुसाईं

"sorry."

गुस्से में शायद कभी आँसू न निकलते हो, लेकिन बहुत गुस्से में अक्सर आँसू निकल आते हैं। उनके गले लगते ही मुझे बहुत जोर से रोना आ गया। मुझे उन्होंने चुप नहीं कराया बल्कि वो भी रोने लगीं। इस रोने के बीच में एक-आध बार हमारे होंठ एक-दूसरे को छू गए। उस छूने में ऐसा नहीं कुछ नहीं था जिससे मुझे ये एहसास हो कि मैं एक लड़का हूँ और न ही वो मुझे उस पल मेरी भाभी जैसी लगीं। बस, वहाँ दो लोग थे, नहीं शायद एक लोग, पता नहीं।

शरीर जुड़कर भी कई बार दो लोग बिल्कुल पास नहीं आ पाते, कुछ खाली छूट जाता है। जो खाली छूट जाता है वो फासला तब तय होता है जब दो लोग आँसू से जुड़ते हैं। जब वो उस पल के लिए रोते हैं जो वहीं सामने, उनके आँसू के साथ आँखों से चलकर गालों से होता हुआ एक-दूसरे के होंठों तक फिसल रहा होता है। तब पहली बार एहसास होता है कि हमारे बिना कुछ किए भी कोई फासला मिट रहा है। कोई खाली जगह भर रही है।

कुछ खाली जगह थी जो हमारे बीच, वो भर गई थी। मेरे पास कोई सवाल नहीं बचा था और न ही भाभी के पास कोई जवाब बचा था। मुझे पता नहीं वो क्या था।

उस दिन ये जो कुछ भी हुआ था मैंने सोचा कि कभी किसी को बताऊँगा नहीं। लेकिन एक बार पल्लवी ने मुझसे बहुत जबरदस्ती करके अपनी कसम

देकर पूछा कि कुछ ऐसा बताओ जो किसी को नहीं बताया। मैंने उसको ये बताया कि एक भाभी हैं जो बहुत अच्छी हैं। बहुत अच्छी दोस्त हैं मेरी। पल्लवी ने उस वक्त तो कुछ नहीं कहा लेकिन उसके बाद जब भी मैं पल्लवी से मिलता तो हम तीन हो जाते, पल्लवी मैं और भाभी। उसको हमेशा ही लगता, मैंने उसको पूरी बात नहीं बताई है। वो हमेशा कहती कि तुम ऐसा कैसे कर सकते हो, जबकि मैंने कुछ ऐसा किया ही नहीं था। पल्लवी उस दिन के बाद से कभी आगे ही नहीं बढ़ पाई। वो वहीं हमारे रिश्ते के साथ अटक गई थी। वो बार-बार यही पूछती-

"सब बताओ मुझे। पूरा बताओ।"

"क्या बताऊँ, मैं सब कितनी बार बता चुका हूँ।" मैं खीजकर बोलता।

"नहीं तुमने पूरा नहीं बताया। मुझे सब कुछ सुनना है।" पल्लवी थोड़ा और गुस्से में कहती।

"मैं बता चुका हूँ। सबकुछ।"

"तुम झूठ बोलते हो। ऐसा हो ही नहीं सकता कि कुछ हुआ न हो।"

ये ऐसी लड़ाई थी जिसमें मैं बार-बार सच बोलकर भी झूठा साबित होता था। मैंने भाभी को ये बात बताई तो उन्होंने मुझे बहुत डाँटा कि सब चीजें नहीं बोली जा सकतीं। तुमने क्यों बताया उससे। वो कभी नहीं समझेगी।

कभी-कभी कुछ लड़ाइयाँ अधूरी ही रह जाती हैं। दोनों को उसमें मजा आने लगता है। पल्लवी से ये लड़ाई ऐसी थी जिसको मैं और नहीं लड़ना चाहता था। मैंने सब कुछ खत्म करने का फैसला कर लिया। आखिरी बार जब मैं पल्लवी से मिला तो मैंने कहा-

"मुझे एक सच बताना है तुम्हें।"

"बताओ।" पल्लवी ने हमेशा की तरह गुस्से में कहा-

"उस दिन वो सब कुछ हुआ था, जो तुम सोच सकती हो और जो कुछ हो सकता है।" ये बोलते वक्त मेरी आँखों में आँसू थे।

"मुझे पता ही था। इतने दिनों से तुम झूठ बोल रहे थे।" पल्लवी ये

बोलकर उठकर चली गई। उसने वो सुन लिया था जो वो इतने दिनों से सुनना चाहती थी।

बस, इसके बाद हम कभी नहीं मिले। उसने कॉलेज में अपने सभी दोस्तों को मेरे और भाभी के बारे में वो सब कुछ बता दिया था जो सबकुछ उसको सच लगता था। और वो भी सब बताया था जो सच हो सकता था। बात उड़ते-उड़ते उतनी ही बढ़ गई थी जितना कि मुहल्लों में बढ़ जाया करती है। मम्मी ने मुझे भइया के यहाँ जाने से मना कर दिया। शाम का बैडमिंटन बंद हो गया। फिर भी मैं एक दिन चुपके से भाभी के घर गया और भाभी के पास बैठकर बहुत देर तक रोया। इतनी देर तक कि जब तक पल्लवी बह नहीं गई। लेकिन ऐसा होता नहीं है। थोड़ा बहुत वो इंसान बचा रह ही जाता है चाहे जितना भी आँसू बह जाए। मैं कभी-कभी भाभी में पल्लवी को ढूँढ़ने की कोशिश करता। लेकिन पल्लवी कभी मिली नहीं, आँखें बंद करने पर भी नहीं। भाभी ने बहुत समझाया कि मैं उसको भूल जाऊँ और मैंने कोशिश भी बहुत की। चलने से पहले भाभी ने कहा भी-

"आज के बाद मिलने मत आना, सही नहीं लगता।"

बात शायद बहुत बढ़ गई थी। अपना ही मुहल्ला इतना बदल गया था कि मेरा मन वहाँ घुटने लगा था। इसलिए कॉलेज के बाद शहर छोड़कर मैं दिल्ली तैयारी करने चला गया। कई बार शहर छोड़ने का सबसे बड़ा फायदा ये होता है कि शहर में रहने वाले लोग आपको याद नहीं आते क्योंकि बार-बार आपको उस गली, मुहल्ले, चौराहों से गुजरना नहीं पड़ता, जहाँ आप कभी ठहरे हुए होते हैं।

दिल्ली में मेरी दोस्ती एक बंदी से हुई। शुरू में बहुत दिनों तक मैं उसमें पल्लवी को खोजता रहा। मैं भी वैसे ही आँखें बंद करता रहा जैसे भाभी किया करती थीं। जैसे दुनिया किया करती है। वो पूछती भी क्या बात है तो मैं उसे कुछ बता नहीं पाता। वो बात तो कभी नहीं। क्योंकि पूरा शायद बताया ही नहीं जा सकता। कुछ चीजें केवल हमारी होती हैं। मुझे अक्सर ही भाभी की कमी खलती रही। जिसके पास बैठकर बस जी भर रो पाता। लड़के वैसे भी अपने दोस्तों के सामने सही से रो नहीं पाते। बता चाहें सबकुछ दें।

अब जब मैंने शहर छोड़ दिया था, धीरे-धीरे मुहल्ले में मेरी और कविता भाभी वाली कहानी की जगह किसी और बिट्टू और कविता भाभी की कहानी ने ले ली थी। बड़े अजीब होते हैं मुहल्ले और शहर जहाँ बस कहानियों के किरदार बदलते हैं, कहानियाँ नहीं। मुहल्ले की बहुत सारी भाभियाँ उस खास वक्त में वैसे ही अपनी आँखें बंद करती रहीं और वही देखती रहीं जो वो देखना चाहती थीं। मुहल्ले के सारे भइया अपनी-अपनी पल्लवी को वैसे ही आँखें बंद करके ढूँढ़ते रहे और शायद इसीलिए दुनिया ने अपनी आँखें मूँद ली थी।

अगली बार जब मैं होली पर घर पहुँचा तो मम्मी ने मुझे सामने भइया-भाभी से मिलने जाने के लिए कहा और बताया-

''बधाई दे देना। लड़का हुआ है जतिन और कविता को।''

मैं सामने घर पहुँचा। भाभी ने दरवाजा खोला और हमेशा की तरह मैंने नमस्ते नहीं किया। वो मुझे अंदर घर में लेकर गईं। वहाँ बच्चा सो रहा था।

''बहुत बहुत बधाई, कैसी हैं आप?''

''बहुत अच्छी। तुम कैसे हो?''

''मैं भी बढ़िया। भइया कहाँ हैं?''

''शाम को आएँगे।''

''नाम क्या है बच्चे का?'' मैंने बच्चे को निहारते हुए पूछा।

भाभी ने कुछ सोचा और बोलीं-

''ऐसे तो बंटू बुलाते हैं। तुम बताओ girl-friend बनी तुम्हारी?''

''हाँ, बन गई।''

''और पल्लवी को भूल पाए?'' भाभी ने मेरी आँखों में देखकर पूछा।

''हाँ, नहीं...शायद...थोड़ा थोड़ा...''

''तुम नाम पूछते थे न उसका.... उसका नाम...'' भाभी ने अभी-अभी उसका नाम बोलना शुरू ही किया था इससे पहले वो नाम पूरा बोल पातीं इतने मैं बोला-

''नहीं जानना मुझे। कुछ चीजें केवल हमारी होती हैं।''

ये बोलते हुए मेरे और ये सुनते हुए भाभी के बीच कोई खाली जगह भर गई। बहुत दिनों बाद मैं फफक-फफक के रोया और बिना कुछ बोले वहाँ से चल दिया। भाभी ने मुझे नहीं रोका। बस मुझे ये सुनाई पड़ा कि वो सिसक रहीं थीं और शायद बार बार बंटू-बंटू बोल रही थीं।

जब मैं लौट रहा रहा था तो दोपहर शाम के कपड़े पहनना शुरू कर चुकी थी। एक लड़के ने बैडमिंटन का नेट लगाया हुआ था और मुहल्ले की कुछ नयी भाभियाँ बैडमिंटन खेल रही थीं।

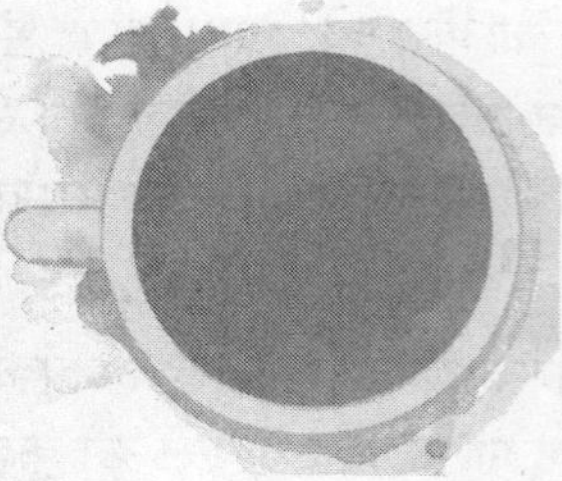

Time

मेरे अलावा, मुझे नहीं लगता कि किसी को भी उसका नाम याद होगा। किसी को भी क्या, उसके घर वालों को भी उसका नाम सही से याद नहीं होगा अब तो। मेरे साथ ही कॉलेज में था। कॉलेज के पहले दिन से ही परेशान रहता था कि उसके भैया ने IIT कानपुर से इंजीनियरिंग की है। इसका कहीं अच्छी जगह हुआ नहीं। ले-दे के एक प्राइवेट कॉलेज में एडमिशन हुआ दिल्ली में। घर पर आधे रिश्तेदारों को तो मम्मी ने यही बता रखा था कि लड़का IIT-दिल्ली में पढ़ता है। वो अभी भी ये सच पचा नहीं पाई थीं। यार उसको बार-बार 'वो' बोलना सही नहीं लग रहा मुझे। उसने मना नहीं किया होता तो मैं उसका नाम बता भी देता। एक काम करता हूँ, उसको कोई कॉमन-सा

नाम दे देता हूँ। मुझे लगता है अंकित नाम के लड़के इंजीनियरिंग की तैयारी बहुत करते हैं। मेरी 60 की क्लास में 6 अंकित थे। अंकित अग्रवाल से लेकर शर्मा, सिंह, पांडे, मिश्रा तक सारी variety के लोग थे। शुक्र है कम-से-कम first name में आज भी कोई ब्राह्मण, ठाकुर, बनिया नहीं होता।

तो अंकित के जो पापा थे वो अब कानपुर के कमिश्नर थे। वो बताता था कि जब वो 9th क्लास में था तभी पापा DM लखनऊ रह चुके थे। बड़े नेता-वेता भी सब जानते थे पापा को सही से। जब 10th बोर्ड के रिजल्ट में अंकित के नंबर 85% आए और बहुत से अधिकारियों के लड़कों के नंबर अंकित से ज्यादा आए तब से ही पापा को लगने लगा था कि उनका छोटा बेटा आवारा निकल गया। पापा शुरू से टॉपर रहे थे। इसलिए कभी समझ नहीं पाए थे कि टॉपर के अलावा बाकी लोग दुनिया में जिंदा कैसे रहते हैं। उनकी नौकरी कहाँ लगती है, वो खाते कैसे हैं और अपना घर कैसे चलाते हैं। पापा की दुनिया स्कूल टॉप करने से शुरू हुई थी और कॉलेज टॉप करते-करते IAS बन गये थे। वो बात अलग है UPSC (IAS वाला exam) में वो टॉप नहीं कर पाए थे जिसका मलाल उनको आज भी था। वैसे तो वो कोई गलती करते नहीं थे लेकिन अपने जीवन की सबसे बड़ी गलती वो अंकित को ही मानते थे। चूँकि उनको टॉपर ही पसंद थे तो उनको अपने ही बैच की लड़की से प्यार हुआ जो अपने कॉलेज की टॉपर थी। अंकित की मम्मी income tax में थीं और चूँकि पापा की पहुँच बहुत अच्छी थी system में, तो transfer भी करीब-करीब साथ ही करा लेते थे।

अंकित अक्सर सिगरेट पीते हुए philosophical हो जाता था। ऐसे ही एक बार रात में सिगरेट पीते हुए उसने बताया था कि कभी भी ये देखना हो कि सरकारी अधिकारी अच्छा है या खराब तो बस उठा के ये देख लो कि उसकी पिछली कुछ postings कहाँ-कहाँ हुई हैं। अगर पिछले 5-10 साल में उसकी posting केवल अच्छी जगहों पर हुई है तो वो अधिकारी, अच्छा अधिकारी कम अच्छा मैनेजर ज्यादा होता है। और अगर पोस्टिंग खराब जगहों पर हुई है तो वो अधिकारी अच्छा अधिकारी होता है, जो अपनी posting manage नहीं कर पाता। जो भी लड़के कॉलेज में IAS होने का सपना देखते थे कई बार अंकित से उसके पापा के बारे में बात करने आते। हालाँकि

इस बात से वो बहुत चिढ़ता था। लेकिन हर बार अपना गुस्सा पीकर वो उन लड़कों को वही बताता जो वे सुनना चाहते थे। कई रिश्ते केवल इसीलिए बचे रहते हैं और लंबे चलते हैं क्योंकि उन रिश्तों में वही कहा जाता है जो दूसरा सुनना पसंद करता है।

मम्मी, अंकित की दादी को लेकर उतनी ही लापरवाह थीं जितना अंकित अपनी पढ़ाई को लेकर। अंकित की पढ़ाई और दादी की जिंदगी दोनों बस घिसट रही थी। अंकित चूँकि घर का future tense था और दादी past tense, इसलिए भी मम्मी अंकित की दादी पर ज्यादा ध्यान नहीं दे पाती थीं। अंकित के भाई का नाम था अंकुर। उसकी वजह ये है कि सोसाइटी के करीब-करीब सभी पढ़े-लिखे और अधिकारी टाइप के लोग अपने सभी बच्चों के नाम एक ही अक्षर से शुरू करते हैं। इससे दो फायदे होते हैं एक तो सोसाइटी उन्हें इंटेलेक्चुयल समझती है और दूसरे वो खुद भी इसको सच मानकर पूरी जिंदगी आराम से काट देते हैं।

वैसे भी सही-गलत, सच और झूठ के पचड़े में पड़ने के बजाय जिंदगी को जीना जरूरी है। वो लोग अक्सर जी नहीं पाते जो सही-गलत के चक्कर में पड़े रहते हैं। कई सच जिनके साथ जिंदगी शुरू होती है वो कहीं आधे रास्ते में ही झूठ हो जाते हैं। हमारी जान-बूझकर की गई गलतियाँ कितनी अच्छी होती हैं, ये वही जान सकता है जिसने गलतियाँ की हों। जिंदगी में सबसे बुरा उन बेचारों के साथ होता है जो हर चीज सही और गलत के तराजू में तौलते-तौलते कभी कोई गलती नहीं कर पाते। ये सारी बातें अंकित बस यूँ ही हवा में सिगरेट के धुएँ के साथ फेंक दिया करता था। बहुत-सी बातें तो मुझे आज भी समझ नहीं आतीं, जो वो ऐसे ही मजाक-मजाक में बोल देता था।

अंकित की दिक्कत ये थी कि उसको इंजीनियर बनना ही नहीं था। लेकिन क्या बनना था ये भी उसको पता नहीं था। पापा और मम्मी पर सोसाइटी का pressure इतना ज्यादा था कि उसको इंजीनियरिंग में एडमिशन लेना पड़ा। उसके पूरे घर में एक दादी हीं थीं जिनसे वो बात करता था। जब भी वो दादी के पास बैठकर बातें करता, तो बात खत्म होने से पहले दादी

हमेशा आशीर्वाद देतीं कि वो अपने पापा जैसा बड़ा आदमी बने। इस बात से अंकित बहुत नाराज होता और दादी को बोलता भी–

''ये क्या आशीर्वाद हुआ। मुझे नहीं बनना बड़ा आदमी।''

''क्यों नहीं बनना, पापा का इतना बड़ा घर है। शहर में इतनी इज्जत है। इतने नौकर–चाकर हैं।'' दादी समझाने की कोशिश करतीं कि उसके पापा कितने बड़े आदमी हैं। जितना दादी समझातीं उतना ही उसको अपने पापा छोटे आदमी लगते।

इंजीनियरिंग कॉलेज के हॉस्टल में चाहे कोई पढ़े या न पढ़े लेकिन 1–2 बजे तक अच्छी खासी चहल–पहल रहती है। कुछ लड़के जो पढ़ने वाले होते हैं वो 12 बजे तक पढ़ चुके होते हैं और जो पढ़ने वाले नहीं होते हैं, उनको बातों को खत्म करने के लिए इंजीनियरिंग के चार साल भी कम लगते हैं। अंकित मेरी क्लास में नहीं था। बस हमारी हॉस्टल में विंग एक ही थी। अक्सर सोने जाने से पहले मैं एक बार बाहर बालकनी पर आता जहाँ से पूरा कॉलेज साफ दिखता था। अंकित वहीं अपने गिटार के साथ बैठा हुआ दिख जाता। हम मिलने पर कभी hi-hello नहीं करते थे, बस बात शुरू हो जाती थी। वही किसी–न–किसी को गाली देने से बात शुरू करता और अपने philosophical फंडों पर बात खत्म करता। एक दिन ऐसे ही वो कुछ बोल नहीं रहा था, न ही किसी को गाली दे रहा था। तो मैंने ही पूछा–

''क्या हो गया, सब ठीक तो है?''

''हाँ, सब सही है।'' अंकित ने सिगरेट जलाते हुए कहा फिर एक–दो कश लेने के बाद दुबारा बोला–

''actually, कुछ सही नहीं है।''

''क्या हुआ, घर पर किसी ने कुछ कहा क्या?''

''नहीं, घरवालों की बातों पर मैं ध्यान ही नहीं देता।''

''फिर?''

''छोड़ कभी बताऊँगा आराम से।'' अंकित ने कश को जोर से खींचकर कहा।

मैंने भी बात सुनने के लिए उसको insist नहीं किया। सिगरेट खत्म होने तक न वो कुछ बोला, न ही मैं। मैं वहाँ से चलने लगा तो वो पीछे से बोला–

"मेरा break-up हो गया यार आज।"

मुझे पता नहीं था ऐसे में कैसे react करते हैं। मेरी तो कोई girl friend थी नहीं। इसलिए मैं कुछ नहीं बोला। थोड़ी देर रुककर उसने ही दुबारा कहा–

"4 साल से था।"

"break-up हुआ क्यों?" मैंने पूछा।

"वो मुझे बार-बार एक बार और IIT का पेपर देने के लिए कहती थी। आज आखिरी डेट थी अगले साल वाले पेपर की और मैंने फॉर्म नहीं भरा।" ये कहकर अंकित ने एक और सिगरेट जला ली।

"इतनी-सी बात थी, तो भर देते फॉर्म।"

"बात इतनी-सी नहीं थी। फॉर्म भर देता तो हो थोड़े जाता। वैसे भी प्यार मुझसे था या IIT से। मुझसे था तो IIT से क्या फर्क पड़ता है और IIT से था तो आज नहीं तो कल ये होना ही था।"

ये बोलने के बाद वो थोड़ी देर के लिए चुप हो गया और अधूरी सिगरेट फेंककर बोला–

"बढ़िया ही हुआ। वैसे भी जितने लोग फालतू में अपने होने का नाटक करते हैं, पहले ही छूट जाएँ तो जीना आसान हो जाएगा।"

ये बात मुझे कुछ ज्यादा समझ में नहीं आई। न ही मैंने उसको कहा कि उसने गलत किया। इंजीनियरिंग में बहुत से लड़के-लड़कियाँ एडमिशन के बाद भी IIT का फॉर्म भरते हैं। अंकित भी भर देता तो कौन-सी दुनिया रुक जाती। लेकिन मैंने उसे कुछ समझाया नहीं।

कॉलेज में कई बार ऐसी खबरें आती हैं कि 2-3 लड़के ग्रुप में कहीं गए और मजाक-मजाक में नदी में नहाने गए और वहीं डूब गए। कुछ ऐसा ही वाकया हमारे कॉलेज में हुआ। हमारे बैच के ही 3 लड़के घूमने के लिए

ऋषिकेश गए और वहाँ बहाव में बचे नहीं। केवल एक लड़के की लाश मिली। एक बंदा तो हमारी विंग का ही था। पूरे हॉस्टल में सभी लड़के बहुत डरे हुए थे। कॉलेज ने सभी के घर पर एक चिट्ठी भेजी थी कि ऐसी किसी भी घटना का जिम्मेदार कॉलेज नहीं होगा। प्राइवेट कॉलेज वाले वैसे भी किसी चीज की जिम्मेदारी अपने ऊपर नहीं लेना चाहते। हाँ, बस अगर कॉलेज का कोई लड़का अपने आप कुछ अच्छा कर ले तो उसकी success की जिम्मेदारी कैसे लेनी है ये जरूर जानते हैं। ये चिट्ठी अंकित के घर भी पहुँची तो अगली कॉल पर अंकित के भाई अंकुर ने बताया कि पापा कह रहे थे कि ये भी डूब क्यों नहीं जाता। वैसे भी खानदान का नाम डुबोने में कोई कसर तो बाकी रखी नहीं है। अंकित ने बिना पूरी बात किए फोन काट दिया।

रात में बालकनी पर मिलने पे उसने बताया कि एक दिन वो भी गायब हो जाएगा कहीं। मैंने कुछ कहा नहीं। पता नहीं क्यों लेकिन मैं कभी उसे बताता नहीं था कि वो गलत बोल रहा है। मैं बस सुन लेता था जो भी उल्टा-सीधा वो बोलता रहता था।

सिगरेट यूँ ही सुलगती रही। रातें सुलगती रहीं और दिन जलते रहे। सब दीवाली की छुट्टी में घर जा रहे थे। मैं जब निकल रहा था, अंकित गेट पर मिला।

''कब आना है वापस ?'' मैंने पूछा।

''देखो, आता भी हूँ या नहीं।'' अंकित बोला।

मैं उसके जवाब से थोड़ा चौंका, लेकिन मुझे उसका ये बोलना वैसा ही लगा जैसा वो अक्सर बोला करता था। दीवाली की छुट्टी से लौटने के बाद बालकनी पर अंकित मिला।

''कैसी रही दिवाली ?'' अंकित ने मुझसे पूछा।

''बढ़िया। तुम सुनाओ कैसी रही ?'' मैंने पूछा।

''कैसी रहेगी, पापा के पास time ही नहीं था। इतने लोग दीवाली पर मिलने आते रहे।''

''मम्मी और भाई कैसे हैं ?''

"मम्मी नाराज हो गईं मुझसे।"

"क्यों?"

"एक आंटी आई थीं घर पे। उन्होंने उनको जैसे ही बोला मैं IIT दिल्ली में हूँ, मैंने पलट के बोल दिया आंटी मैं एक प्राइवेट कॉलेज में हूँ।" ये कहकर अंकित ने सिगरेट जला ली।

"तुमको बोलना नहीं चाहिए था।" मैंने समझाते हुए कहा।

इस पर वो कुछ नहीं बोला। मैंने ही दुबारा समझाते हुए कहा–

"नहीं कहना चाहिए था तुम्हें।"

"मुझे क्या करना चाहिए क्या नहीं, ये मुझे मत समझाओ।" ये बोलकर अंकित वहाँ से चला गया। मुझे बहुत बुरा लगा। इसके बाद बालकनी पर हम मिलते, लेकिन कभी बात नहीं करते। बहुत दिनों तक हम दोनों ने ही एक–दूसरे से बात करने की कोशिश नहीं की।

मैं रोज की तरह सोने से पहले एक बार बालकनी पर जाता था। एक दिन अचानक उसने मुझे रोका और अपने–आप ही बोला–

"सॉरी यार।"

मैंने भी बिना भाव खाए कहा–

"मुझे भी तुम्हें समझाना नहीं चाहिए था।"

"हाँ, कोई भी मुझे कुछ सही भी समझाता है तो मुझे अपने घरवालों जैसा लगता है।" अंकित ने कहा।

"बाकी सुनाओ, क्या नया है इधर लाइफ में?" मैंने पूछा।

"नया बस ये कि जो वो कम्प्यूटर साइन्स वाली मैडम हैं न?"

"कौन, वो निशू सपरा?"

"हाँ वही।"

"उससे मेरी दोस्ती हो गई है।"

"दोस्ती, मतलब?" मैंने थोड़ा चौंकते हुए पूछा।

"दोस्ती मतलब, दोस्ती।" अंकित ने कहा।

"मतलब?"

"मतलब ये कि मुझे कॉलेज कि लड़कियाँ बहुत immature लगती हैं। निशू मैम से बात करता हूँ तो हल्का लगता है।" अंकित ने बड़े ही आराम से अपनी दोस्ती के बारे में बतलाया।

"तुम ही दोस्त मानते हो या वो भी मानती हैं?" मैंने और जानना चाहा।

"वो भी दोस्त मानती है, infact हम नाम लेकर बात करते हैं एक-दूसरे से!"

इसके बाद अंकित ने बताया कि वो बाहर कॉफी शॉप में मिला भी है निशू सपरा से कई बार और उन दोनों की आपस में chemistry बहुत अच्छी है। मुझे थोड़ा अजीब लगा। जहाँ हम लोग अभी कॉलेज की बंदियों से बात करने के लिए ही तरसते थे, वहाँ ये बंदा अपनी टीचर से ही chemistry बैठा रहा है। हालाँकि टीचर को लेकर ऐसा attraction बहुत ही नॉर्मल है, लेकिन 'दोस्ती' वाला थोड़ा अजीब लगा मुझे। एक बार मैंने पूछा भी अंकित से-

"तुम लोग physically भी close हो क्या?"

इस पर अंकित तुरंत बोला- "ज्यादा नहीं।"

इसके बाद अगला सवाल पूछने की मेरी हिम्मत नहीं हुई। निशू सपरा वैसे तो अंकित को कोई भी सब्जेक्ट नहीं पढ़ाती थीं। वो मेरी क्लास में पढ़ाने आती थीं और उनके सब्जेक्ट में मेरे नंबर बहुत कम आए। internal के 50 नंबर में से 30 ही आए थे। फाइनल लिस्ट जाने वाली थी और ये सब्जेक्ट वैसे ही मेरा वीक था तो मैंने अंकित से कहा-

"यार निशू से बोलकर नंबर बढ़वा दे।"

"कितने चाहिए, हो जाएगा।"

"45 ठीक रहेंगे 50 में से।"

"तू कहे तो पूरे 50 दिलवा दूँ।" अंकित ने बड़े ही confidence के साथ कहा।

"तू पक्का मजाक नहीं कर रहा न?" मैंने confirm करने के लिए पूछा।

इस पर अंकित ने बस ये कहा कि जब रिजल्ट आए तो देख लेना।

इम्तिहान शुरू होने वाले थे, वो सभी जिनका मन लगता था वो और जिनका मन नहीं लगता था वो भी, सभी ने पढ़ना शुरू कर दिया था। तब ऐसा माना जाता था कि इंजीनियरिंग के एक भी पेपर में बैक आ गया तो कंपनी अपने written exam में भी नहीं बैठने देगी। कंपनी में नौकरी तो बहुत दूर की बात है। सेमेस्टर exams के बीच में खबर आई कि अंकित की दादी नहीं रही। वैसे तो अंकित के मम्मी-पापा दोनों नहीं चाहते थे कि अंकित घर आए लेकिन अंकित का मन नहीं माना। वो खबर मिलते ही दादी को आखिरी बार देखने के लिए गया। वैसे भी अगले पेपर में एक दिन का गैप था उसने सोचा कि आकर पेपर बिना पढ़े दे देगा। वैसे भी वो कौन-सा बड़ा पढ़ के पेपर देता है। जैसे ही अंकित घर पहुँचा वैसे ही मम्मी उसको अलग कमरे में ले गईं और बोलीं-

"पेपर के बीच में क्यों आए। जो होना था हो चुका। अब बुढ़िया वापस तो नहीं आ जाएगी न?"

अंकित इससे पहले कि कोई जवाब देता, उसके पापा भी कमरे में आए और कहा-

"बाहर कार खड़ी है, तुरंत वापस कॉलेज जाओ। और पेपर में बैक नहीं लगनी चाहिए।"

जाने से पहले अंकित ने दादी को देखा। दादी जिस कमरे में रहतीं थी वहाँ गया और बिना अपने मम्मी-पापा से मिले वहाँ से दिल्ली के लिए वापस चल दिया। आकर उसने पेपर दिया। इस दौरान मेरी और उसकी बात बिल्कुल भी नहीं हुई।

रिजल्ट आया तो मैंने सबसे पहले निशू सपरा वाले पेपर के नंबर चेक किए। मेरे 50 में 48 नंबर थे। अंकित का रिजल्ट बड़ा अजीब आया उसकी 6 में से 5 पेपर में बैक थी। एक उसी पेपर में बैक नहीं थी जिसमें वो दादी से आखिरी बार मिलकर आया था। रात में बालकनी पर वो मिला। मुझे लगा

वो उदास होगा लेकिन उस दिन वो सबसे ज्यादा खुश था। मुझे मिलते ही पूछा–

"निशू ने दे दिए न नंबर?"

"हाँ, दे दिए यार। लेकिन तूने ये क्या किया, 5 बैक?"

"कुछ नहीं किया। मुझे इंजीनियरिंग करनी ही नहीं है यार।" अंकित आसमान की ओर देखते हुए बोला।

"फिर क्या करेगा?"

"जैसे वो अपने कॉलेज के बंदे डूब गए थे न ऋषिकेश में, वैसे ही डूब जाऊँगा एक दिन।"

इस बात से मैं थोड़ा नाराज हुआ और मैंने कहा–

"जिस दिन डूबने जाना, मुझे मत बताना।"

"तू तो नाराज ही हो गया। गिटार है न मेरा। अपना एक music school खोलूँगा।"

फिर कुछ देर सोचकर आसमान में देखते हुए बोला–

"Life is not about distance, it's about direction. इतनी आसानी से मरूँगा नहीं मैं। अपने घरवालों से बदला लेना है मुझे। मैं इंजीनियर बन भी गया तो बहुत खराब इंजीनियर बनूँगा।"

हमारे कॉलेज वाले थे बड़े ही अजीब। रिजल्ट की एक कॉपी सभी लड़के–लड़कियों के घर भेजते थे। रिजल्ट आखिरकार एक दिन अंकित के घर पहुँचा होगा। उसके बाद, एक दिन अंकित के मम्मी–पापा दोनों कॉलेज आए। कॉलेज के dean भी उनसे बड़ी इज्जत से मिले। अंकित के मम्मी–पापा ने आकर अंकित को dean के कमरे में पता नहीं क्या समझाया। अंकित ने उसके बाद कमरे से निकलना छोड़ ही दिया। रात में बालकनी पर भी कभी दिखता नहीं था। सेमेस्टर खत्म होने के बाद सब जा रहे थे, वो गेट पर अपना गिटार और बैग टाँगे हुए मिला। मैंने पूछा–

"कब आएगा, तू ठीक तो है?"

"बढ़िया हूँ।"

"कब आएगा?"

"बस अब नहीं आऊँगा, बहुत हो गया।"

मुझे लगा हमेशा की तरह बस यूँ ही बोल रहा है। कॉलेज खुलने के बाद वो बहुत दिन नहीं आया। मैंने उसकी क्लास वालों से पूछा, उनको भी कुछ पता नहीं था। एक-दो कानपुर के लड़के भी थे, उनसे भी पूछा लेकिन उनको भी नहीं पता था। मैं निशू के पास गया और उससे पूछा कि अंकित ने कुछ बताया है क्या कि वो कब लौटेगा। निशू ने बताया कि वो भी उसको लेकर परेशान है। उसको भी अंकित की कोई खबर नहीं हैं। मैंने ऑफिस जाकर उसके घर का नंबर लिया और फोन किया। पता चला कि वो तो घर पहुँचा ही नहीं। मैंने ये बात अपने वार्डन को बताई। कॉलेज में पुलिस आई उसका कमरा तोड़ा गया। कमरे में टेबल पर एक कागज पर लिखा हुआ था-

"चिंता मत करो इतनी आसानी से नहीं मरूँगा। जहाँ भी रहूँगा अच्छे से रहूँगा। मुझे ढूँढ़ने की कोशिश मत करना। Hate you mummy, hate you papa."

चूँकि अंकित के पापा बड़े आदमी थे इसलिए अखबार में अंकित के लापता होने की जो खबर आई उसमें कॉलेज को ही लापरवाह ठहराया गया था। कहीं भी इस पर्ची का कोई जिक्र नहीं था।

मुझे भी थोड़े दिन अंकित की कमी खली। जब भी ऋषिकेश में कोई unidentified लाश मिलने के खबर आती तो मुझे लगता कहीं वो अंकित ही तो नहीं है। लेकिन फिर ये भी लगता कि वो इतनी आसानी से मरेगा नहीं। सबसे पहले अंकित को अगर कोई भूला तो वो उसके घर वाले थे। कॉलेज में भी उसके रहने, न रहने से कोई फर्क नहीं पड़ता था, सिवाय मेरे और निशू के। थोड़े दिन में निशू की शादी तय हो गई तो उसने भी कॉलेज आना छोड़ दिया। मैं बालकनी में आकर उसकी कमी महसूस करता। रात वैसे ही सुलगती रही और दिन वैसे ही जलते रहे। मैं और मेरे साथ के कई लड़के-लड़कियाँ समय के साथ थोड़ा-थोड़ा इंजीनियर बनते रहे। कभी गलती से अंकित का जिक्र भी आता तो लड़के उसको फट्टू बोलते। ये वही लड़के थे जो अंकित से, उसके पापा IAS कैसे बने थे, ये पूछने आते थे। उन्हीं लड़कों

में से एक ने बताया कि अंकित का भाई जो IIT में था उसका भी IAS में हो गया है। अंकित को गायब हुए करीब 3 साल हो चुके थे। मैं final year में आ चुका था और नौकरी के लिए पूरे बैच ने शकुंतला देवी और RS Agarwal की reasoning वाली किताब लाकर दिन रात एक कर दिया था।

मेरे birthday पर मुझे एक दिन एक कार्ड आया। कार्ड पर किसी का नाम नहीं लिखा था।

"मैं बहुत अच्छे से हूँ। घर छोड़ दिया है और घर की याद पहले भी नहीं आती थी, अब भी नहीं आती। वहाँ से निकलकर मैंने अपना एक छोटा-सा music institute खोला है। बच्चों को सिखाता हूँ। बहुत तो नहीं कमाता लेकिन मेरे लिए काफी है। वैसे तो मेरी चिंता दुनिया में कोई नहीं करता। तो तुम भी कभी मत करना। इतनी आसानी से नहीं मरूँगा बोला था न।"

कार्ड में ऋषिकेश का एक पता लिखा हुआ था। एक बार तो लगा की अंकित के घरवालों को बता दूँ लेकिन मैंने पता नहीं क्या सोचकर किसी को भी अंकित के बारे में बताया नहीं। मेरी नौकरी का appointment letter मिलने के बाद मैंने ऋषिकेश की बस पकड़ी और अंकित के यहाँ पहुँचा। जिस music institute को छोटा-मोटा बोल रहा था वो अच्छा-खासा बड़ा था।

क्लास खत्म होने के बाद वो बाहर निकला और मैं वहीं बाहर खड़ा था। कोई hi hello नहीं हुई हमारे बीच। बस बढ़कर हमने एक-दूसरे को गले लगाया। मैंने ही पूछा-

"घर वालों को पता है?"

"हाँ, लेकिन वो कभी मिलने नहीं आए।"

"और तू गया कभी?"

"नहीं यार, बस भाई का जब UPSC में selection हुआ था तो फोन किया था। आखिरकार पापा ने भाई को बिल्कुल अपने जैसा बड़ा आदमी बना लिया।"

"तो आगे क्या प्लान है?"

"आगे, आगे नहीं जाना यार। बस यही institute ही लाइफ है अब। तू बता नौकरी करेगा अब?"

"हाँ, 2 साल नौकरी करूँगा फिर MBA का सोचा है।" ये बोलते हुए मैं बहुत छोटा महसूस कर रहा था।

"बढ़िया है। ये तो career का हो गया। लाइफ का क्या सोचा है?" अंकित ने मुसकुराते हुए पूछा।

"लाइफ का, लाइफ के लिए सोचने की फुर्सत ही नहीं मिली।"

"तेरा मन भी है नौकरी करने का?" अंकित ने चाय तो टेबल पर रखते हुए कहा।

"बिल्कुल नहीं।"

"फिर कुछ और क्यों नहीं करता?"

"करूँगा जब time आएगा, सोचा है।"

इस जवाब पर अंकित बहुत जोर से हँसा और बोला–

"साले वो time कभी नहीं आएगा।"

मैं चाय लेकर सामने की खिड़की की तरफ गया। वहाँ से सामने वाले पहाड़ के पीछे डूबता हुआ सूरज दिख रहा था। उस रात मैं वहीं रुका। अंकित के लिए रात ने सुलगना बंद कर दिया था। मेरे लिए रात अभी भी सुलग रही थी और दिन जल रहे थे।

अगले दिन वहाँ से चलने से पहले अंकित ने फिर एक बार दोहराया जो वो कॉलेज में बोलता था–

"Life is not about distance, it's about direction."

हम गले लगे और मैं अगली बार आने के लिए चल दिया। घर पहुँचते-पहुँचते मैंने नौकरी join न करने का फैसला कर लिया था। वो time आ चुका था।

केवल बालिगों के लिए

8 साल का बच्चा अपने बाप से– "मैं कैसे पैदा हुआ था?"

बाप– "तुम्हें एक हंस तुम्हारी मम्मी की गोद में छोड़कर गया था।"

बच्चा– "आप कैसे पैदा हुए थे?"

बाप– "मुझे भी एक हंस तुम्हारी दादी की गोद में छोड़कर गया था।"

बच्चा– "और दादाजी?"

बाप– "उनको भी एक हंस मेरी दादी की गोद में छोड़कर गया था।"

बच्चा– "*x%...अपने घर में एक भी normal delivery हुई भी है या नहीं!"

ये चुटकुला हिंदुस्तान के करीब-करीब सारे मुहल्लों में सुनाया जाता है। ये चुटकुला कई सालों की दूरी तय करके बाप के स्कूल से बच्चे के स्कूल तक टहलते-टहलते अपने-आप पहुँच जाता है।

एक उम्र होती है जब क्लास की खिड़की से बाहर आसमान दूर कहीं जमीन से मिल रहा होता है और हमें लगता है कि शाम को खेलते-खेलते हम ये दूरी तय कर लेंगे। दूरी तय करते-करते जिस दिन हमें पता चलता है कि ये दूरी तय नहीं हो सकती, उसी दिन हम बड़े हो जाते हैं। कुनाल को अभी ये समझ में आना थोड़ा-थोड़ा ही शुरू हुआ था। हर वो चीज जो एक खास समय के बाद करने के लिए बोली जाए तो उस चीज को उस समय से पहले करने का मन करता ही है, फिर वो चाहे कुछ भी हो। कुनाल जब भी अखबार खोल के मूवी वाला सेक्शन देखता तो उसमें कुछ movies तो ऐसी होतीं जिनके गाने टीवी पर आते हैं। जिनके हीरो-हीरोइन को वो पहचानता है। लेकिन कुछ एक movies के पोस्टर ऐसे भी होते जिनके न तो वो हीरो को पहचानता न ही उनके गाने टीवी पर आते। ऐसी मूवी जिनके हीरो हर बार नए हो जाते, उनके पोस्टर के नीचे ये भी लिखा रहता 'केवल बालिगों के लिए।' बालिगों का कोई भी खास मतलब कुनाल को समझ नहीं आता। कुनाल को बस इतनी-सी बात समझ आई थी कि शायद ये कोई गलत चीज होती है। क्योंकि जब भी घर में कोई ऐसी मूवी आती जिसमें हीरो हीरोइन को थोड़ा ज्यादा पास आकर प्यार कर रहा होता तो उसके मम्मी या पापा जो भी बैठे रहते तुरंत उसको कहते, 'जरा जा के पानी ले आओ' या फिर बाजार से कुछ फालतू छोटी-मोटी चीज लेने भेज देते। तब कई सारे चैनल नहीं होते थे न कि रिमोट का बटन दबाया और चैनल बदल दिया। रिमोट का सबसे बड़ा फायदा ही यही है कि जब भी जिस सच्चाई से मुँह मोड़ना हो, बस बटन दबा दो। सच्चाइयाँ अक्सर बहुत बोरिंग होती हैं। इसीलिए न्यूज चैनल वालों को सच्चाई दिखाने के लिए खबर को सनसनीखेज बनाना पड़ता है।

ये वो वक्त था जब रोज समाचार आठ बजकर चालीस मिनट पर आता था। समाचार के बीच में 'निरोध' नाम की किसी जरूरी चीज का प्रचार आता था, जिसमें मम्मी-पापा टीवी को mute कर देते थे। दुनिया में mute का बटन रिमोट में आने से बहुत पहले से हुआ करता था। सच को जब भी

दुनिया के जिस भी हिस्से में बोला गया है किसी-न-किसी ने उसको mute करने की कोशिश की है, ये कोशिश कोई नयी नहीं है।

कुनाल के मम्मी-पापा और टीचर, और कुनाल क्या उसकी उम्र के लगभग सभी बच्चों के मम्मी-पापा और टीचर सालों से यही समझते आ रहे थे कि कुछ बातें बड़े होकर अपने आप बच्चे समझ जाएँगे। बच्चे कब बड़े होंगे न ये बड़ों को पता था न ही बच्चों को। लेकिन बच्चे थोड़ा जल्दी बड़े होना चाहते थे। कुनाल निरोध और माला-डी के प्रचार को टीवी बिना mute किए सुनना चाहता था। समझना तो उसके बहुत बाद की बात थी।

मम्मी-पापा का लड़ते टाइम टेप रिकॉर्डर की आवाज को तेज कर देना। किसी आंटी के आने पर मम्मी का कुनाल को कमरे से खेलने के लिए भगा देना। लेटनाइट आने वाली पिक्चर को कमरा बंद करके देखना और कुनाल को जल्दी सुला देना। और भी ऐसी कई चीजों से कुनाल को समझ में आने लगा था कि कुछ तो ऐसा इस घर में होता है जो उससे छुपाया जाता है।

वो अखबार उल्टी तरफ से खोल के पढ़ता था। स्पोर्ट्स वाले पेज पर उसको थोड़ा-बहुत समझ आता था। एक दिन पहले जो मैच टीवी पर देखा हो उसके बारे में फिर से एक बार अगले दिन अखबार में पढ़ना हाइलाइट देखने जैसा लगता था उसे। उसको मैच से ज्यादा हाइलाइट देखना पसंद था। स्पोर्ट्स पेज के आगे बस वो शहर में लगी हुई फिल्मों के बारे में देख के थोड़ा बहुत समझ पाता था। उस पेज पर वो स्पोर्ट्स पेज से ज्यादा देर तक रुकता। जिस भी फिल्म में केवल बालिगों के लिए लिखा रहता उसके हीरो-हीरोइन को पहचानने की कोशिश करने लगता। रोज-रोज देखते हुए उसको ये समझ में आता है कि हर शुक्रवार को कैपिटल सिनेमा, हजरतगंज, लखनऊ में नयी फिल्म लगती है।

एक बार ऐसे ही स्कूल की बस में अंत्याक्षरी खेलते हुए कुनाल की साइड 'ह' पर आकर अटक गई और कुनाल ने जब 'हुस्न का जलवा' नाम की फिल्म का नाम लिया तो बड़ी क्लास वाली दीदियों ने उसको डाँट दिया कि इस नाम की कोई फिल्म नहीं है। कुनाल भी माना नहीं, उसने बताया है कि ऐसी फिल्म है। तो बाकी लोगों ने पूछा कि अगर फिल्म है तो फिल्म के

हीरो–हीरोइन का नाम बताओ। इस पर कुनाल बेचारा कुछ बता नहीं पाया लेकिन उसने सोच लिया कि जब वो फिल्म देखेगा तो हीरो–हीरोइन का नाम पक्का याद कर लेगा। वो अभी सोच ही रहा था कि बस कैपिटल सिनेमा के पास से गुजरी। उसने दीदियों को दिखाया कि इसी सिनेमा हाल में 'हुस्न का जलवा' लगी थी। उसके दिखाने पर बस वाली 2–3 दीदियाँ आपस में एक–दूसरे की ओर देखकर हँसने लगीं और उल्टे कुनाल को डाँट दिया।

"ये वाली फिल्में अंत्याक्षरी में काउंट नहीं होतीं। आगे से कभी इन फिल्मों का नाम मत लेना।"

बस आगे बढ़ी और सभी दीदियों ने पोस्टर को चुपके से, मगर ध्यान से देखा।

उसी दिन कुनाल जब स्कूल से घर आया तो पता चला कि सबसे छोटे वाले मामा अपने कॉलेज की छुट्टियों में महीने भर के लिए आए हुए हैं, जो अपने स्कूल टाइम में पढ़ने में बहुत तेज थे। हमेशा क्लास टॉप करते थे। उन दिनों रिश्तेदारी वाले सभी मामा, चाचा, भइया topper ही हुआ करते थे। मम्मी ने मामा को बोल दिया था कि जरा देख लेना, आजकल पढ़ने में थोड़ा कम मन लगाता है। मामा को बुलाने की वजह ये थी कि मम्मी–पापा को 8–10 दिन के लिए कहीं घूमने जाना था। कुनाल के स्कूल की वजह से वो जा नहीं सकता था। मम्मी–पापा दोनों ही कुनाल के स्कूल को अपने घूमने के बीच में नहीं लाना चाहते थे।

कुनाल अभी बस खाकर उठा ही था। इतने में कुनाल के मामा ने कहा–

"स्कूल की सब कॉपियाँ ले आओ और ट्यूशन वाली भी।"

ये कुनाल का स्कूल से आकर सोने का टाइम होता था। कुनाल को तुरंत ही श्री कृष्ण वाले टीवी सीरियल के कंस मामा की याद आई। खैर, बेमन से कुनाल अपना पूरा बस्ता लेकर आ गया। बस मामा ने सवाल पूछने शुरू किए और कुनाल ने जवाब देना। दो–चार मैथ्स के सवाल भी सॉल्व करने को दिए। कुनाल ने गलती करनी शुरू की। बस पहला सवाल गलत करते ही मामा ने मम्मी से कहा–

"ध्यान देना पड़ेगा दीदी। ऐसे तो बस पास हो पाएगा।"

"आज शाम से खेलने जाना बंद।" मम्मी कुनाल की तरफ घूरते हुए चिल्लाईं।

कुनाल ने अपने-आप को बचाने के लिए कहा-

"ये चैप्टर अभी नया पढ़ाया गया है, रिवीजन भी नहीं किया था।"

इस पर तुरंत मामा बोले- "मैथ्स के लिए क्या रिवीजन, मैथ्स में या तो सवाल आता है या नहीं आता। तुम थोड़ा ध्यान दिया करो पढ़ाई पर।"

कुनाल ने मामा की तरफ देखा और मम्मी से सोने जाने के लिए पूछा। मम्मी ने हाँ बोला और मामा को कहा-

"अब तुम्हारे हाथ में है, सब पढ़ा देना इसको जब तक हम लौट के आएँ और एक दिन ट्यूशन वाले सर के यहाँ भी चले जाना।"

मामा ने तुरंत एक जिम्मेदार भाई और उससे भी जिम्मेदार मामा बनते हुए अपना सर हाँ में हिला दिया।

कुनाल के शाम की ट्यूशन वाले ग्रुप में 3 लड़के थे- विकास, अमित और धीरज। उसने शाम को जाकर अपने दोस्तों को अपने मामा के बारे में बताया तो बाकियों ने भी अपने चाचा, अपनी मौसी, अपने अंकल के बारे में बताया जो घर आकर बस पढ़ने के लिए कहते हैं। एक कॉमन बात थी इन सभी मामा, चाचा और मौसियों में कि ये सभी लोग अपने टाइम पर पढ़ने में बड़े तेज थे। कुनाल ने तीनों दोस्तों को अंत्याक्षरी वाला किस्सा बताया कि उसकी बस में किसी को पता ही नहीं 'हुस्न का जलवा' नाम की फिल्म भी है। जब फिल्म की बात आ ही गई तो कुनाल ने हिम्मत करके पूछा-

"किसी को पता है, केवल बालिगों के लिए का क्या मतलब होता है?"

विकास बोला- "इतना भी नहीं पता!"

"नहीं पता, तू बता दे।" कुनाल ने कहा।

"अबे, जो वैसी फिल्में होती हैं न, उसको केवल बालिग लोग देख सकते हैं।" विकास ने थोड़ा जोर देकर और confident फील करते हुए

कहा।

"बालिग कौन होते हैं?" अमित ने पूछा।

"वही, जो वैसी फिल्में देख सकते हैं।" विकास ने कहा। इस बात पर धीरज ने विकास को एक टीप मारी और कहा–

"अगर सही नहीं पता है, तो कम-से-कम confuse तो मत कर।"

विकास ने अभी भी हार नहीं मानी थी। उसने कहा–

"तुम लोगों को पता भी है, क्या होता है ऐसी फिल्मों में?"

"हमें तो नहीं पता। तुझे पता है तो तू ही बता दे।" धीरज ने थोड़े गुस्से में कहा।

"और पूरा सही से पता हो, तभी बताना।" कुनाल ने धीरज की बात में आगे जोड़ा।

"अबे, इन फिल्मों में दिखाते हैं कि बच्चे कैसे पैदा होते हैं। मैं तो जा चुका हूँ कैपिटल सिनेमा।" विकास ने कहा। उसके बोलते ही धीरज ने विकास को दुबारा टीप मारी और बोला–

"बच्चे तो शादी से पैदा होते हैं, इतना तो सबको पता है।"

इस बात पर कुनाल और अमित ने भी हाँ-में-हाँ मिलाई। उन दोनों को भी ये बात पक्के-से पता थी कि बच्चे शादी करने से पैदा होते हैं। विकास अपनी बात गलत होते हुए देखकर बोला–

"अगर यकीन नहीं है तो चलो किसी दिन देख के आते हैं।"

ये सुनकर अमित थोड़ा उदास होकर बोला– "मैं नहीं जाऊँगा मेरे घर पे permission नहीं मिलेगी।"

"permission लेकर फिल्म देखने जाएगा, तो देख ली बेटा। permission नहीं थप्पड़ मिलेगा।" विकास ने अमित के कंधे पर हाथ रखते हुए कहा।

"मैं तो तैयार हूँ। तू बता धीरज।" कुनाल ने कहा।

"एक बार चल के देखने में बुराई नहीं है, वैसे भी विकास ने इतना confuse कर दिया है। मैं भी तैयार हूँ।" धीरज ने भी हाँ कर दी।

अब तीनों ने एक साथ अमित की तरफ देखा और बोले– "फट्टू"। अमित इन तीनों की बात का कुछ ज्यादा ही बुरा मान गया था। उसने साफ-साफ बोल दिया कि अगर बाकियों में से भी कोई गया तो वो उनके घर पे शिकायत कर देगा। इस पर तीनों ने उसको एक-एक करके टीप मारी और धीरज ने कहा– "शिकायत करके देख। छवि को बता दूँगा कि नए साल पर बिना नाम वाला कार्ड तूने उसके बैग में रखा था।"

धीरज के प्यार से समझाने का अमित पर तुरंत असर हुआ और उसने कसम खाई कि वो किसी के घर पर कुछ नहीं कहेगा लेकिन धीरज ने जब तक उसको छवि के प्यार की कसम नहीं खिला दी, तब तक चैन नहीं लिया।

घर पर पहुँचते ही कुनाल को मामा ने मैथ्स की किताब लेकर बैठा लिया और एक दो घंटे तक वही-वही सवाल पूछते रहे जो उसको नहीं आते थे। कुनाल अब तक इतना पक चुका था कि जो सवाल उसको आते थे वो भी गलत होने लगे। थक हारकर उसने मामा से पूछा–

"एक बात पूछनी थी।"

"क्या?"

"Out of syllabus है, पूछ सकता हूँ?"

"हाँ, कोर्स या कोर्स के बाहर कहीं से कुछ भी पूछो।" मामा ने आँखों से विश्वास टपकाते हुए कहा।

"ये बताइए, बालिग क्या होता है?" कुनाल ने मासूमियत के साथ पूछा।

ये सुनकर मामा एक मिनट चुप रहे फिर कुछ सोचकर चिल्लाए–

"दीदी।"

मम्मी किचेन से कमरे में आईं।

"बिगड़ भी गया है ये, दीदी।"

"क्या हुआ?" मम्मी ने पूछा।

"मैं बाद में बताता हूँ।"

इसके बाद मामा मम्मी को लेकर अलग कमरे में गए। 5 मिनट बाद मम्मी लौटकर कमरे में आईं और आते ही उन्होंने कुनाल को एक थप्पड़ लगाया फिर बहुत देर तक डाँटती रहीं। कुनाल बहुत देर तक रोते-रोते सो गया।

मामा उसको मैथ्स पढ़ाने का एहसान करते रहे। कुनाल को समझ में आ गया था कि मैथ्स के सवाल एक बार को मामा बता भी दें, जिंदगी के सवालों के जवाब उसको खुद ही ढूँढ़ने पड़ेंगे।

कुनाल और उसके दोस्तों का प्रोग्राम कुछ ऐसा बना कि तीनों ट्यूशन बंक करके मूवी जाएँगे और घर पर बता देंगे कि स्कूल के एक बच्चे का birthday है, तो ट्यूशन से सभी वहीं जाएँगे और स्कूल के जिस बच्चे का birthday रखा गया, उसका नाम कॉमन रखा गया कि कभी बाद में भी वो पकड़े न जाएँ। प्रोग्राम बनाते हुए इस बात का खास ख्याल रखा गया कि जाड़ा पड़ना शुरू हो चुका हो ताकि सब मफलर बाँध के मूवी हॉल जाएँ। मफलर और वैसी वाली फिल्मों में कितना गहरा संबंध होता है ये हिंदुस्तान के सभी छोटे-बड़े शहर के लड़के बहुत अच्छे से समझते हैं।

कुनाल ने अपने घर पर मम्मी से कहा-

"कल स्कूल वाले अंकित का birthday है। धीरज और विकास के घर पे permission मिल गई है। क्या मैं भी कल चला जाऊँ?"

"ये जो दोस्त है तुम्हारा अंकित, कभी नाम नहीं सुना इसका आज से पहले। कहाँ रहता है?" मम्मी ने कुनाल की आँखों में घूरकर पूछा।

"मुझे पता नहीं लेकिन धीरज को पता है, प्लीज मम्मी जल्दी आ जाऊँगा। प्लीज प्लीज प्लीज। फिर मेरे birthday पर भी कोई नहीं आएगा।"

उधर धीरज ने अपने घर पर कहा-

"कल स्कूल वाले अंकित का birthday है। कुनाल और विकास के घर पे permission मिल गई है। क्या मैं भी कल चला जाऊँ?"

और इससे ही मिलता-जुलता विकास ने अपने घर पर कहा-

"कल स्कूल वाले अंकित का birthday है। कुनाल और धीरज के घर

पे permission मिल गई है। क्या मैं भी कल चला जाऊँ?''

तीनों को एक-दूसरे के घर का बता के permission मिल गई। तीनों कैपिटल सिनेमा पहुँच गए। वहाँ जाकर देखा अभी तो शो शुरू होने में टाइम था। विकास ने बताया कि शो शुरू होने के थोड़ी देर बाद जाना चाहिए क्या पता कोई जान-पहचान का दिख जाए। रास्ते में तीनों अमित पर भी खूब हँसे। हॉल के बाहर लिखा था 18 वर्ष से कम आयु वालों का प्रवेश निषेध। कुनाल ने विकास से पूछा-

''अब क्या होगा, मैं तो अभी केवल 13 साल का हूँ?''

''मैं कौन-सा 18 का हूँ। कोई चेक नहीं करता। चलो साइकिल लगाते हैं।'' विकास बोला।

तीनों ने साइकिल स्टैंड में लगाई और विकास ने धीरज से कहा-

''जाओ टिकट लेकर आओ।''

''मैं नहीं जाऊँगा। तू जा।'' धीरज ने तुरंत मना कर दिया।

विकास ने कुनाल की तरफ देखा और कहा-

''जाओ, टिकट लेकर आओ।''

''मैं अकेले नहीं जाऊँगा।'' कुनाल ने कहा।

''एक काम करते हैं, वापस चलते हैं। तुम लोग अभी से इतना डर रहे हो अंदर जाकर तो क्या होगा तुम्हारा!'' विकास ने कहा।

इस पर धीरज ने एक टीप मारी और कहा-

''ऐसा है, तीनों एक साथ चलते हैं। पकड़े गए तो तीनों साथ में पकड़े जाएँगे।''

तीनों एक साथ गए और वो सोच रहे थे कि टिकट खिड़की वाला बंदा उनको रोक न ले। कुनाल ने टिकट खिड़की वाले बंदे से कहा-

''तीन बालकनी।''

विकास ने तुरंत खिड़की वाले बंदे को कहा-

''बालकनी नहीं स्टॉल चाहिए।''

खिड़की से तीन गुलाबी रंग के टिकट बाहर आ गए। कुनाल को बहुत बुरा लगा। उसने कभी भी स्टॉल में पिक्चर नहीं देखी थी। उसने खिड़की से दूर जाते ही विकास से कहा–

''बालकनी क्यों नहीं ली?''

''अबे पागल है। जितने पैसे बचे उसका समोसा खा लेंगे और कोल्ड ड्रिंक पी लेंगे। वैसे भी पिक्चर ऊपर-नीचे एक जैसी ही दिखती है।'' विकास ने एक बार फिर समझदारी दिखाते हुए कहा। इस बार धीरज ने उसको टीप नहीं मारी।

दरवाजे पर जो बंदा टिकट चेक कर रहा था, वो हर अंदर जाने वाले को बड़े ही ध्यान से देख रहा था। यहाँ पर कुनाल, विकास, धीरज तीनों को बहुत डर लगा कि कहीं ये पकड़ कर घर पर फोन न कर दे। विकास ने situation संभालते हुए बाकी दोनों को नॉर्मल रहने के लिए कहा। विकास सबसे आगे था जैसे ही टिकट चेक करने वाले बंदे ने टिकट माँगा विकास ने टिकट आगे बढ़ाया और कहा–

''तीन।''

बंदे ने विकास को ऊपर से नीचे तक देखा और थोड़ा हड़काते हुए पूछा–

''कितने साल के हो तुम?''

''18'' विकास ने घबराई आवाज में कहा।

उसने विकास का हाथ पकड़ लिया और कहा–

''अच्छा बेटा 18 के हो, घर का नंबर बताओ। चलो अभी ले के चलता हूँ।''

इतना होते ही विकास वहीं रोने लगा और सॉरी बोलने लगा।

टिकट चेकर ने उन तीनों को अलग रोक लिया। पिक्चर शुरू हो चुकी थी, अंदर हॉल से हल्की-हल्की आवाजें आनी शुरू हो गई थीं। कुनाल और धीरज की भी हालत खस्ता थी। जब सब जा चुके थे तो टिकट चेकर ने उनसे पूछा

"जितने भी पैसे हैं जेब में, निकालो।"

विकास ने सारे पैसे निकाल दिए और उम्मीद से कुनाल और धीरज की तरफ देखा और कहा–

"जो भी है, दे दो भाई। प्लीज!"

धीरज भी रोआँसा हो चुका था। उसने अपनी जेब से सब कुछ निकाल के दिया। कुनाल ने बड़े बेमन से सब पैसे निकले और आगे बढ़ा दिए। टिकट चेकर ने सब पैसे लेने के बाद विकास को एक थप्पड़ लगाया और कहा–

"बाहर देखा नहीं था, पिक्चर केवल बालिगों के लिए है।"

कुनाल ने डरते–डरते टिकट चेकर से पूछा–

"अंकल बालिग कौन होता है, कैसे बनते हैं बालिग?"

इस पर उसने विकास का हाथ छोड़ा और कुनाल का हाथ पकड़ लिया और बोला–

"जो भी 18 साल का हो जाता है, वो बालिग होता है।"

कुनाल ने फिर अगला सवाल पूछना चाहा कि कोई 18 साल का होने से पहले भी बालिग हो सकता है क्या? लेकिन इससे पहले वो कुछ पूछता विकास ने तोते की तरह सॉरी–सॉरी बोलना शुरू कर दिया और टिकट चेकर से उनको छोड़ने के लिए कहने लगा।

इसके बाद जब वो तीनों वहाँ से बेमन लौटने लगे तो टिकट चेकर ने उनको बुलाया और मूवी हॉल में जाने दिया और कहा–

"इस बार देख लो। जाओ।"

घुसने से पहले विकास ने पूछा–

"सीट नंबर के हिसाब से बैठना है?"

टिकट चेकर जोर से हँसा और बोला–

"जहाँ खाली दिख जाए।"

तीनों अंदर जाकर कोने की खाली सीट देखकर बैठ गए। फिल्म शुरू

हो चुकी थी। तीनों ने पहली बार किसी हीरो को हीरोइन के साथ ऐसे नहीं देखा था। कुनाल ये सोचने लगा ये लोग कौन होते हैं, कहाँ रहते होंगे? हिंदी फिल्मों का हीरो तो कभी हीरोइन के इतने पास नहीं आ पाता। फिल्म में ज्यादा डाइलॉग आ नहीं रहे थे। कोई कहानी भी समझ नहीं आ रही थी, न ही कोई गाना था। अभी पिक्चर आधी बीती थी और 2 हीरो-हीरोइन बदल चुके थे।

इन्टर्वल में जब हॉल की लाइट जलती है और तीनों अपना मफलर सही से बाँध लेते हैं। तीनों के पैसे खत्म हो चुके थे इसलिए वो कुछ खरीद नहीं पाए। तीनों आपस में कुछ बात नहीं कर रहे हैं। कोल्ड ड्रिंक वाला पूछते-पूछते इनके पास आता है। तीनों मना कर देते हैं। कोल्ड ड्रिंक वाला पीछे वाली लाइन में जाता है और एक बंदा पूछता है-

''कितनी ठंडी है, दिखाओ!''

''बहुत ठंडी है साब।'' कोल्ड ड्रिंक वाला कहता है।

''ठीक है। कितने की है।''

''12 रुपये की साब।''

''बड़ी लूट है। बाहर तो 10 की मिलती है।''

कुनाल को ये आवाज सुनी हुई लगती है। कुनाल पीछे धीरे से घूम के देखता है तो पीछे वाली लाइन में कुनाल के मामा बैठे होते हैं। ये देखकर कर कुनाल की सिट्टी-पिट्टी गुम। वो बाकी दोनों को धीरे से ये बताता है। ये फैसला होता है लाइट बंद होने के बाद एक सीन देखकर वो वहाँ से चल देंगे। विकास कुनाल के मामा पर बहुत नाराज होता है कि इतने बड़े होकर भी ये सब फिल्में देखते हैं उसके मामा।

लौटते हुए धीरज, विकास और कुनाल अपनी साइकिल तेजी से भगाते हैं और जब कैपिटल सिनेमा बहुत दूर जा चुका होता है तब विकास दोनों को साइकिल रोकने के लिए कहता है। जब दोनों ने अपनी साइकिल रोक ली तो विकास ने दोनों को कहा-

''देखो, ये हम तीनों के बीच की बात है। इसका पता किसी को भी नहीं चलना चाहिए, अमित को भी नहीं।''

''वो पूछेगा तो क्या बोलेंगे?'' कुनाल ने कहा।

''बोल देंगे कि हमने पूरी फिल्म देख ली। बहुत मजा आया।'' विकास के कहा।

''और अगर किसी ने कुछ भी सच बोला तो देख लेना।'' विकास ने दुबारा कहा।

इस पर धीरज ने फिर एक टीप विकास के लगाई और कहा-

''हड़काओ मत। प्यार से बोलो, समझे?''

''ठीक है। कोई किसी से नहीं कहेगा।'' विकास ने अपना हाथ वैसे आगे बढ़ाते हुए कहा जैसा इंडियन क्रिकेट टीम मैच से पहले करती है। धीरज और कुनाल ने भी टीम के अच्छे खिलाड़ियों जैसे ही अपने हाथ बढ़ा दिए।

घर पहुँचकर कुनाल ने जाते ही कहा-

''भूख लग रही है जोर से।''

''क्यों birthday से कुछ खाकर नहीं आए?'' मम्मी ने पूछा और कुनाल को लगा कि वो शायद शक कर रही हैं। उसने कहा-

''नहीं, इतना अच्छा नहीं था वहाँ खाना। वैसे मामा कहाँ है?''

''वो अपने दोस्त से मिलने गए हैं, देर से आएँगे।''

मामा जब लौटते हैं तो कुनाल उनसे कहता है-

''आप जिस दोस्त से मिलने गए थे, वो कैपिटल सिनेमा के पास रहता है न?''

मामा ये सुनकर सकपका जाते हैं और कहते हैं-

''नहीं तो!''

''हम लोग birthday के लिए जब जा रहे थे तो आप मुझे दिखे थे।'' कुनाल ये बोलकर मामा की तरफ ऐसे देखता है जैसे कि कह रहा हो 'अब पूछो मैथ्स के सवाल'। मामा उस समय कुछ बोल नहीं पाते और आगे से

उसकी मम्मी से कभी शिकायत नहीं करते।

कुनाल ने सोने से पहले हिसाब लगाया कि उसका 18th birthday अभी कितना दूर है और अपने बालिग होने का इंतजार करते-करते सो गया। सपने में उस दिन उसको वैसे ही तस्वीरें और आवाजें आईं जैसी हॉल में आ रही थीं। अगले दिन ट्यूशन खत्म होते ही अमित ने तीनों से पूछा-

''तो, कैसा रहा फिर कल। पूरा बताओ।''

''बहुत मजा आया लेकिन तुम्हें नहीं बता सकते। तुम बालिग नहीं हो न!'' विकास ने अमित के कंधे पर हाथ रखकर बड़े ही इत्मीनान से कहा।

''कुनाल, तू ही बता दे।'' अमित ने कुनाल के तरफ देखकर उम्मीद से पूछा।

कुनाल ने कुछ बताना शुरू ही किया था कि इतने में धीरज ने अमित के सर पे टीप मारी और कहा-

''भाई तू बालिग नहीं है। तू अभी नाबालिग है न। तुझे नहीं बता सकते, कसम से।''

इस बात पर विकास ने धीरज की हाँ-में-हाँ मिलाई और कुनाल एकदम चुप हो गया।

इस कैपिटल सिनेमा वाले एपिसोड के बाद से विकास, कुनाल और धीरज की अच्छी दोस्ती हो गई और अमित ने अपना एक अलग ग्रुप बना लिया जिसमें सभी नाबालिग थे।

वो सभी चीजें जो केवल बालिगों के लिए होती हैं, वो सब कुछ करने के लिए बालिग होने का इंतजार करना दुनिया ने बंद कर दिया है। हाँ, दुनिया की कानून वाली किताब के हिसाब से सब कुछ वैसा ही चल रहा है जैसे चलना चाहिए। दुनिया के बहुत से माँ-बाप के हिसाब से भी दुनिया सब कुछ उसी टाइम पर, सब कुछ सीख रही है जब सीखना चाहिए। टीवी पर चैनल बढ़ गए हैं। टीवी वैसे और वहीं mute हो रहे हैं, जब और जैसे होने चाहिएँ।

जिस स्पीड से दुनिया बूढ़ी हो रही थी उसी स्पीड से कुनाल बड़ा हो

रहा था। कुनाल अब अपने पापा जैसा बड़ा चुका है उसका 10 साल का एक लड़का है। टीवी पर जब भी कभी i-pill या unwanted72 या condom का advertisement आते देखता है तो वो तुरंत रिमोट में mute का बटन दबा देता है या फिर चैनल बदल देता है। एक दिन उसके लड़के ने उससे पूछा कि पापा ये क्या होता है तो उसने बड़े प्यार से उसको अपने पास बुलाया और कहा

"बेटा जब तुम थोड़े बड़े हो जाओगे तो अपने-आप समझ जाओगे।"

"बड़ा मतलब, कितना बड़ा?" बेटे ने बड़ी मासूमियत से पूछा।

इतना सुनकर कुनाल की बीवी बेटे को दिन भर टीवी देखने के लिए डाँट देती है और पढ़ने के लिए उसको स्टडी रूम में भेजकर टीवी un-mute कर देती है।

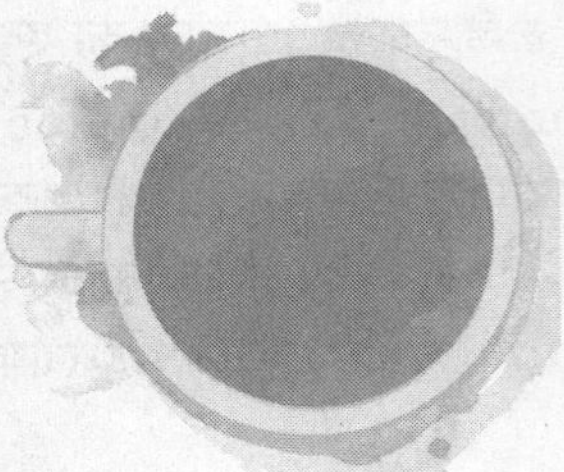

Ruby Spoken English Class

हिंदुस्तान के कई छोटे-बड़े शहरों में माँ-बाप का सबसे बड़ा सपना यही होता है कि उसके बच्चे आपस में हमेशा फर्राटेदार इंग्लिश में बात करें। वैसे भी इंग्लिश में बात करने में कोई बुराई नहीं है। इंग्लिश में बात करने वाले लड़के / लड़कियों का फर्स्ट इम्प्रेशन अलग पड़ता भी है। मेरे साथ के कई लड़के तो पूरे कॉलेज में बंदी से इसीलिए बात शुरू नहीं कर पाए क्योंकि वो बंदी केवल अँग्रेजी में बात करती थी। हालाँकि जो लड़के इंग्लिश नहीं बोल पाते थे और उस बंदी से बात करना चाहते थे, वे हमेशा कहते रहे-

"प्यार की कोई भाषा नहीं होती है।"

लेकिन उनकी ये बात वो बंदी कभी सुन ही नहीं पाई। एक बार सुन लेती तो समझ भी लेती शायद। शहरों में जितनी तेजी से रोज एक नए Spoken English Class के बोर्ड बढ़ते जा रहे हैं उसी से पता चल जाता है कि हमारे स्कूल / कॉलेज अपना काम कितना सही से कर रहे हैं और उससे भी ज्यादा ये पता चलता है कि अँग्रेजी में बोलने को लेकर हमारा देश वाकई काफी serious है।

बात शुरू होती है लखनऊ में लालबाग के पास वाले Spoken English Class की बड़ी-सी होर्डिंग के सामने वाली चाय की टपरी से। चाय की टपरी का कुछ नाम नहीं है, बस सब लोग उस टपरी को पहलवान भाई की टपरी बोलते हैं। वैसे तो पहलवान भाई देखने में पतले-दुबले हैं लेकिन बचपन में बहुत मोटे थे और क्लास के सभी लड़कों को पटक दिया करते थे, तभी से वो पहलवान भाई के नाम से जाने जाते हैं। पहलवान की कई सारी खासियतें थीं जैसे कि चाय तो अच्छी बनाते ही थे साथ ही जब भी उनकी दुकान पर जाओ तो हमेशा टाइम के हिसाब से 'गुड मॉर्निंग', 'गुड ईवनिंग' या फिर 'गुड आफ्टरनून' बोलते थे।

सामने होर्डिंग में तरह-तरह के स्मार्ट लड़के-लड़कियों के फोटो लगे हैं। इनकी शक्लें IIT और medical वाले successful लड़के / लड़कियों से बहुत अलग हैं। IIT और medical वाले बच्चों जैसे इन लोगों ने मोटे चश्मे नहीं पहन रखे और न ही ये जिंदगी को लेकर इतने उदास दिखते हैं जितना IIT और medical वाले successful लड़के-लड़कियाँ दिखा करते हैं। जिनका और जिनके माँ-बाप का पूरे जीवन का कुल मिलाकर बस एक ही सपना होता है कि किसी तरह ये अच्छी जगह एडमिशन पा जाएँ। बस जिसके बाद ये बच्चे और इन बच्चों के माँ-बाप दोनों बाकी बची जिंदगी के लिए सपने देखना छोड़ देते हैं।

होर्डिंग में सबसे ऊपर लिखा है 90 घंटों में फर्राटेदार इंग्लिश बोलना सीखें। नीचे लिखा है कि Spoken English Class की वजह से ही वे ये सफलता पा सके हैं। फोटो के ठीक नीचे उन बच्चों का एक signature भी है। signature इंग्लिश में हैं। होर्डिंग के राइट साइड में एक मैम की फोटो

है, रूबी भाटिया नाम लिखा हुआ है। फोटो में मैम बहुत खुश हैं शायद इस बात से कि इतने बच्चों के उज्ज्वल भविष्य को बनाने में उन्होंने इतनी मेहनत की और इससे आगे और भी ज्यादा बच्चों की जिम्मेदारी लेने को वो तैयार हैं। लड़के और लड़कियाँ भी बहुत खुश हैं क्योंकि कम-से-कम लखनऊ में तो ये लगभग सभी को पता चल जाएगा कि ये लोग फर्राटेदार इंग्लिश बोल लेते हैं। होर्डिंग में नीचे की तरफ नए बैच की टाइमिंग लिखी है। ये भी लिखा है कि बैच बड़ी तेजी से भर रहा है इसलिए एडमिशन first come first serve basis पर होगा। first come first serve basis के बाद ब्रैकेट में लिखा है 'पहले आओ पहले पाओ'।

पहलवान भाई की दुकान चूँकि Spoken English Class वाली गली के पास ही पड़ती है तो क्लास से निकलकर लड़के पहलवान भाई के यहाँ तब तक चाय पीते हैं जब तक कि बैच की आखिरी लड़की चली न जाएँ। बजाज मैम होंगी करीब 55 साल की, बहुत दिन वो अमेरिका में रही थीं अब अपने पति की डेथ के बाद से वो लखनऊ वापस आ गई थीं। Spoken English Class की सबसे अच्छी मैम हैं, लेकिन उनके बैच में ही सबसे कम लोग हैं।

टपरी पर चाय पीने वाले हर एक लड़के की एक सेटिंग है, मतलब कि कौन-सा लड़का कौन-सी लड़की को प्यार करता है ये सबको पता रहता है। ताकि कोई नया खिलाड़ी मार्केट में उतरने से पहले ही समझ ले कि फलानी लड़की पहले से ही engage है क्योंकि ढिमाका लड़के ने पहले ही सबको बड़े प्यार से समझा रखा है कि उसपे कोई ट्राइ नहीं मारेगा क्योंकि वहाँ पर वो पिछले कई महीनों से ट्राइ मार रहा है और बेइंतहा मुहब्बत करता है। ऐसा अक्सर केवल दिखने में बलवान लड़के ही कर पाते। बलवान लड़के, मतलब जिनके पास एक बाइक है और जो जिम जाते हैं। जैसा कि अमूमन सुना जाता रहा है कि प्यार आपको शक्ति देता है। उसका मतलब केवल इतना होता है कि प्यार आपको शक्ति तभी दे सकता है जबकि आपके पास पहले से शक्ति हो। हालाँकि किसी लड़के ने किसी लड़की को अपना सबकुछ मान लिया है, ये इतना गुपचुप तरह से होता कि कई बार लड़की को पता ही नहीं चल पाता कि कोई उसको इतना प्यार करता है कि पहलवान भाई की टपरी

पर बैठने वाला कोई भी लड़का अब उसको प्यार नहीं कर सकता।

पहलवान भाई सुबह से शाम तक सारे बैच में आने-जाने वाले हर किसी को ध्यान से देखा करते हैं और कई बार तो लड़के एडमिशन पहलवान भाई से पूछकर लेते हैं क्योंकि उनको सब पता रहता कि कौन-सा बैच अच्छा है। लड़कों के लिए अच्छे बैच का मतलब कुल इतना होता कि कौन-से बैच में सबसे खूबसूरत लड़कियाँ हैं। पहलवान भाई बता दिया करते- "देखो, टाइम पास करना है तो शाम के बैच में आओ और अगर पढ़ना है तो सुबह बजाज मैम वाले बैच में जाओ।"

मैं उन दिनों लखनऊ युनिवर्सिटी से BA कर रहा था और साथ में MBA की तैयारी। अक्सर मैं क्लास के बाद पहलवान भाई के यहाँ आकर चाय पीता। MBA की तैयारी वाले सवाल तो मैं लगा लेता था, लेकिन मेरे लिए अँग्रेजी अपने आप में एक बड़ा सवाल थी। मेरे लिए क्या मेरे साथ वाले सभी लड़कों के लिए जो भी हिंदी मीडियम से पढ़े हुए थे। हिंदी मीडियम स्कूल में पढ़ने वाले लड़के जब कान्वेंट वाले लड़के-लड़कियों को इंग्लिश बोलते देखते तो ये बोलकर अपने मन को बहला लिया करते-

"UP Board वालों की grammar अच्छी होती है। ये लोग सब गलत बोलते हैं। गलत बोलने से अच्छा है कि न बोलो।"

Grammar के नाम पर सभी हिंदी मीडियम वालों को तीन tense सही से आते present, past, future.

अगर वाक्य के आखिर में ता है, ती है, ते है होता तो ये Present indefinite tense है। यहाँ तक सभी हिंदी मीडियम वाले अच्छे से समझते और उनकी पूरी इंग्लिश present tense से शुरू तो होती। लेकिन कभी future tense का मुँह नहीं देख पाती, इतनी grammar के अलावा एक चीज सभी हिंदी मीडियम वाले जानते वो थी-

"What is noun?" और इसका जवाब-

"A noun is the name of a person, place or thing."

इससे ज्यादा अगर कोई इंग्लिश के बारे में जानता तो ये मान लिया जाता था कि उस बंदे की इंग्लिश बहुत बढ़िया है।

हालाँकि, मैं ऐसे दुकान पर बैठकर लड़कियों को आते-जाते देखने में बहुत comfortable नहीं था, लेकिन पहलवान भाई की चाय की टपरी में ही शायद कुछ ऐसी बात थी कि यहाँ लड़के घंटों बैठ सकते थे और लड़कियों को आते-जाते देख सकते थे। पहलवान भाई कभी किसी को भी टपरी से जाने के लिए नहीं कहते। जो जितनी भी देर चाहता आराम से वहाँ पर बैठा रह सकता था। बाकी आसपास वाले रेस्टोरेंट और कैफ कॉफी डे में इंतजार करना बहुत महँगा हुआ करता।

कोई लड़का प्यार में कितना सफल है इसका अंदाजा इस बात से लगता कि वो किसी बंदी के साथ सामने वाले कैफ कॉफी डे में कभी बैठा है या नहीं। लड़की का सामने वाले कैफ कॉफी डे में बैठकर कॉफी पीने के लिए हाँ कर देने को प्यार की पहली सीढ़ी पार कर लेना माना जाता था। जैसे ही कोई बंदी किसी लड़के के साथ कैफ कॉफी डे में कॉफी पी लेती तो बाकी लोग उससे प्यार करना और प्यार करने का सोचना बंद कर देते, क्योंकि उस दिन से वो लड़की officially engage मान ली जाती।

अब लखनऊ में लड़का MBA के exam का written पेपर एक बार निकाल भी ले लेकिन MBA जैसी बाधा को पार करने से पहले आपको GD (group discussion) और PI (Personal Interview) जैसे भूत-प्रेतों का सामना करना पड़ता है। यूपी बिहार के लड़के बस यहीं मार खा जाते थे। MBA की कोचिंग वाले सर भी ये बात सही से समझते थे। इसीलिए एक दिन उन्होंने क्लास में announce किया-

"बच्चों के उज्जवल भविष्य के लिए उन्होंने रूबी भाटिया वाले Spoken English Class से tie-up किया है। अब रोज एक घंटे personality development की एक्सट्रा क्लास लगेगी।" रूबी मैम ने सब बच्चों को ध्यान से ऐसे देखा जैसे सब बच्चों में उन्हें उज्ज्वल भविष्य नजर आ रहा हो। उन्होंने आगे से लेकर पीछे तक एक-एक बच्चे को देखकर सर की तरफ देखा और फिर क्लास की तरफ देखकर बोलीं-

"गुड मॉर्निंग क्लास!"

अब सर ने कभी क्लास में गुड मॉर्निंग वगैरह किया नहीं था और न ही

लखनऊ में बहुत से घरों में सुबह उठने पर गुड मॉर्निंग बोलने का रिवाज था, सो बच्चे चुप रहे। इस पर मैम थोड़ा चौंकी और जोर से बोलीं–

"गुड मॉर्निंग क्लास!"

इस बार कुछ थोड़े से इंग्लिश मीडियम में पढ़े बच्चों ने पलटकर गुड मॉर्निंग मैम बोला, तो मैम थोड़ा irritate होकर जोर से बोलीं–

"C'MON CLASS, SHOW ME SOME ENERGY."

इस बार क्लास ने पूरी एनर्जी लगाई। कुछ ने "गुड मॉर्निंग मैम" कहा तो कुछ ने "गुड मॉर्निंग रूबी मैम"। कुछ ने सिर्फ गुड मॉर्निंग रूबी कहा और कुछ ने कुछ कहा ही नहीं।

रूबी मैम ने सर की तरफ देखा और उनसे धीमे से कहा– "बहुत मेहनत करनी पड़ेगी इन सब पर।" फिर अपने अमरीकन accent में बोलीं– "Ok class, मैं आप लोगों की personality development की क्लास लूँगी। आप लोग समझ लीजिए अगर आप लोग सवाल सॉल्व करने में अच्छे हैं, लेकिन आप इंग्लिश अच्छी नहीं बोल पाते तो MBA में एडमिशन नहीं होगा।" ये सब सुनते हुए सर बस मुस्कुरा रहे थे।

हर बात बोलने के बाद रूबी मैम "you know what I mean" जरूर जोड़ देतीं। उस दिन मैम ने सभी को ये जता दिया कि पूरी क्लास की personality को develop करना पड़ेगा और जिसके लिए अच्छी इंग्लिश आना बहुत जरूरी है। क्योंकि अच्छी इंग्लिश मतलब अच्छी personality. क्लास खत्म होने तक कुछ लड़के ये समझ चुके थे कि तैयारी का कोई फायदा नहीं हैं, क्योंकि MBA Entrance के सवाल तो वो solve कर लेंगे लेकिन इंग्लिश वाला सवाल तो बहुत बड़ा सवाल था। कुछ-एक लड़कों को रूबी मैम बहुत अच्छी लगी थीं तो उनको ये सुकून था कि चलो एक्सट्रा क्लास इतनी भी एक्सट्रा नहीं लगेगी। क्लास के बाद ये भी announce किया गया कि personality development की क्लास के लिए सभी को एक्सट्रा 500 रुपये जमा करने होंगे। वैसे तो मैम की फी 800 रुपये है लेकिन अपनी कोचिंग के लिए स्पेशल डिस्काउंट किया गया है।

मैं क्लास के बाद नीचे जब चाय पीने पहुँचा तो पहलवान भाई बोले–

"शुरू हो गई रूबी मैम की क्लास?"

मैं बड़ा चौंका- "हाँ, आपको कैसे पता?"

"ये हर साल होता है। देखना रूबी एक दो दिन आएगी। उसके बाद किसी और टीचर को भेज देगी।"

"हर साल होता है, अच्छा!" मुझे यकीन नहीं हुआ। फिर पहलवान भाई ने अपने पुराने अनुभव का हवाला देते हुए कहा-

"हाँ, वहीं से तो लड़के फिर मैम के यहाँ सीधे क्लास करते हैं। बस मुर्गे फँसाने आती है। वो देखना कल से जो सबसे खूबसूरत टीचर है, उसको भेजेगी। वो बहुत चालू आइटम है।"

"किसी को भेजे, मुझे क्या! आप चाय पिलाओ जरा कड़क।" मैंने कहा।

धीर-धीरे टपरी पर क्लास वाली भीड़ इकट्ठा होने लगी। कुछ लोगों को रूबी मैम बहुत पसंद आई थीं। कुछ को ये भी लगा कि personality develop हो या न हो 500 रुपये तो एक घंटा देखने के भी दिए जा सकते हैं। जैसा पहलवान भाई ने बोला था, वैसा ही हुआ। रूबी भाटिया केवल शुरू में 3 दिन आईं। उसके बाद क्लास लेने बजाज मैम आईं। जब वो पहले दिन आईं तब तो क्लास में बहुत लोग थे लेकिन जैसे ही सबको पता चला कि बजाज मैम क्लास लेंगी तो क्लास में भीड़ कम होने लगी।

क्लास में आकर जो सबसे पहली चीज बजाज मैम ने बताई, वो ये कि इंग्लिश आपकी personality का केवल एक पार्ट है। ये बात सुनकर कुछ लोग जो अच्छी इंग्लिश पहले से बोल लेते थे, उनको दुख हुआ। मैम ने क्लास में कई activity कराईं जैसे कि अक्सर लड़के-लड़कियों के सामने कुछ भी बोलने से झिझकते हैं। इंग्लिश-हिंदी किसी में भी। तो ये डर दूर करने के लिए वो हमेशा activity के ग्रुप में बराबर बंदिया रखतीं। activity भी बड़ी सही होती थीं। जैसे एक बार तो सामने वाली बंदी की आँख में देखकर आपको बोलते रहना पड़ता था। या फिर role plays, उसमें बंदा-बंदी को कोई-न-कोई पार्ट करना पड़ता था। कभी कोई PM बन जाता तो कोई reporter तो कभी कोई मोबाइल के customer care वाला।

कुल मिलाकर आपको उस एक घंटे की एक्सट्रा क्लास में ज्यादा-से-ज्यादा इंग्लिश में बुलवाने की प्रैक्टिस कराई जाती।

क्लास में पढ़ने वाले लोगों को भी अच्छा लगने लगा और चूँकि सभी को क्लास में participate करना पड़ता तो जो लोग केवल देखने के लिए आते उन्होंने अपने-आप ही आना कम कर दिया, क्योंकि अगर क्लास में आप गए तो आपको कुछ-न-कुछ तो बोलना ही पड़ता था। इसीलिए कुछ लोगों को ये लगने लगा था कि एक तो उन्होंने 500 रुपये भी दिए और देखने को भी कुछ ऐसा नहीं है क्लास में। और बोलने तो उन्हें जाना नहीं था।

ये activity होते अभी 10 दिन भी नहीं हुए होंगे कि एक दिन रूबी मैम आईं। वो साथ में एक नेहा अरोरा नाम की नयी मैम को लेकर आई थीं। नेहा की उम्र होगी यही कोई 26-27 साल के आस-पास। नेहा अरोरा भी रूबी मैम जैसे ही सभी लड़कों की आँखों में आँखें डालकर उज्ज्वल भविष्य को घूरकर देख रही थीं और लड़के भी घूर-घूर कर अपनी आँखों में से उज्ज्वल भविष्य दिखा रहे थे। रूबी मैम क्लास में इतने कम लड़के-लड़कियाँ देखकर वहीं बजाज मैम पर बहुत नाराज हुईं और उन्होंने वहाँ सबके सामने ही बजाज मैम को भला-बुरा कहा। बाकी तो उन्होंने पहले की ही तरह बहुत सारी बातें कहीं और कहा कि उन्हें लगता है कि कुछ लोगों को इस एक्सट्रा क्लास से भी एक्सट्रा क्लास की जरूरत है। क्योंकि इंग्लिश के बिना बच्चों का भविष्य उज्ज्वल नहीं हो सकता। तो बच्चों के भविष्य का ध्यान रखते हुए उन्होंने एक नयी क्लास announce कर दी। जिसकी फीस वैसे तो 800 थी लेकिन MBA वाली कोचिंग वाले बच्चों के लिए 300 रूपये का डिस्काउंट था। ये नयी क्लास नेहा अरोरा लेने वाली थीं। इसलिए वो उनको सबसे मिलवाने आई थीं। ये सब कहने के बाद रूबी मैम ने आखिर में जोड़कर कहा- "You know, what I mean?"

चाय पीते-पीते वहाँ और भी लड़के आ गए। नेहा अरोरा को देखकर बहुत लोगों ने Ruby Spoken English Class ज्वाइन करने का मन बना लिया था। कई लड़के शाम को जाने लगे थे। शाम को क्लास बहुत अच्छी होती। रोज एक ही चीज होती थी। नेहा पहले तो 15 मिनट लेट आतीं क्लास

में। फिर क्लास में घुसने के 15 मिनट तक लोग गुड ईवनिंग को पूरी energy लगाकर बोलते। फिर वो home assignment दे देतीं कि कल किन तीन-चार लोगों को रूबी मैम की लिखी हुई एक किताब से 2 पैरा पढ़ने हैं। सबके पास अपनी अपनी किताब होनी चाहिए। इसलिए पूरे बैच ने रूबी मैम की किताब को खरीद कर अपनी personality develop होने की दिशा में पहला कदम बढ़ा दिया था। रोज का यही routine था। जो लड़के पहले से अच्छी इंग्लिश बोल लेते, उनसे पैरा पढ़वाया जाता और बाकी लोगों को बताया जाता कि ऐसे बोलना चाहिए। नेहा अरोरा की क्लास में बच्चे इतने बढ़ गए थे कि उनके एक से दो बैच बनाने पड़े गए।

नेहा अरोरा कुछ पढ़ाती नहीं हैं, ये थोड़े ही दिनों में कई लड़कों को समझ में आना शुरू हो चुका था। ऐसे में खीजकर मैं कुछ लड़कों के साथ एक दिन रूबी मैम के पास पहुँचा। मैंने जाते ही बता दिया कि नेहा अरोरा कुछ नहीं पढ़ा रही हैं। हम लोगों का टाइम वेस्ट होता है। जब मैं 10 मिनट तक बोल चुका, तो रूबी मैम ने कहा-

"आपको कोई manners नहीं है। आपने गुड मॉर्निंग, गुड ईवनिंग कुछ भी नहीं किया। बेसिक तो पता नहीं है आपको और चले हैं अँग्रेजी सीखने। तुम्हारे जैसे लोगों को अँग्रेजी सिखाई ही नहीं जा सकती।"

इसके बाद उन्होंने मेरी कोई बात नहीं सुनी और अँग्रेजी में बहुत देर तक गुस्सा होती रहीं।

मैंने भी गुस्से में कह दिया-

"आप मेरे पैसे वापस कर दीजिए।"

इस पर वो अँग्रेजी में और जोर से गुस्सा हो गईं। मेरे पैसे वापस नहीं किए गए और मुझे कोचिंग आने से मना कर दिया गया।

मैंने बाहर निकलकर पहलवान भाई को बताया। उन्होंने बताया कि बजाज मैम अलग से भी अपने घर पे पढ़ाती हैं तुम वहाँ के लिए उनसे बात कर लो। मैंने बजाज मैम से पढ़ाने के लिए बात की। वो पढ़ाने के लिए तैयार भी हो गईं। उनके घर पर मुझे कोचिंग वाले ही कुछ लड़के-लड़कियाँ मिले। कुछ लड़के ऐसे भी थे जो शाम को नेहा अरोरा की क्लास भी जाते थे।

एक लड़के से मैंने पूछा-

"क्या चक्कर है, वहाँ भी यहाँ भी?"

"वहाँ टाइम पास के लिए और यहाँ पढ़ने भाई। MBA में पास भी तो होना है।"

बजाज मैम पढ़ाते हुए अक्सर इस बात पर बार-बार जोर देतीं कि अँग्रेजी केवल personality का एक हिस्सा है। अँग्रेजी बोल लेने का बिल्कुल भी मतलब नहीं कि आपकी personality बड़ी अच्छी हो गई।

ऐसे ही करते-कराते MBA के exams के रिजल्ट आना शुरू हो चुके थे। मेरा भी ठीक-ठाक जगह एडमिशन हो गया था तो मैं कोचिंग बताने के लिए गया और कोचिंग से निकलकर पहलवान भाई के यहाँ चाय पीने के लिए रुका।

मेरे पहुँचते ही उन्होंने तुरंत घड़ी देखी। दिन का एक बज रहा था और बोले-

"गुड आफ्टरनून, बताओ कैसा रहा रिजल्ट?"

मैंने कहा- "बहुत बढ़िया। हो गया मेरा, दिल्ली में एडमिशन ले रहा हूँ।"

"अरे वाह! लो आज स्पेशल चाय पियो और पैसे नहीं लेंगे आज।"

"अरे ये थोड़े होगा! पैसे तो लेने पड़ेंगे।"

"पैसे नहीं लेंगे। लेकिन मिठाई नहीं छोड़ेंगे।" पहलवान भाई ने स्पेशल चाय के लिए इलायची पैन में डालते हुए कहा।

मैंने कहा- "अभी लाया मिठाई।"

मैं पास वाली दुकान से मिठाई लेकर आया और पहलवान भाई की तरफ पूरी मिठाई बढ़ा दी। मिठाई खाते ही वो बोले-

"बहुत आगे बढ़ो और फर्राटेदार इंग्लिश बोलो।"

"शुक्रिया पहलवान भाई। एक काम करता हूँ, आप चाय बनाओ इतने में मैं बजाज मैम से मिलकर आता हूँ।"

"शुक्रिया क्या बोलते हो यार, thank you बोलो तो सामने वाला पलट

के देखता है। और हाँ, बजाज मैम नहीं आतीं अब।''

''अरे! कब से?''

''बहुत दिन हुए। जब से वो नेहा अरोरा मैम आई है न, तब से बजाज मैम वाले बैच में कोई जाता ही नहीं था।'' ये बोलकर पहलवान भाई ने पैन को उठाकर देखा कि चाय कितनी पकी है।

''बड़ी सही मैम थीं।''

''सही लोग लंबा चलते कहाँ है यार!'' ये कहकर उन्होंने चाय को छानकर मेरी तरफ बढ़ाया।

मैंने ही बात बदलने के लिए पूछा-

''बाकी बताओ, क्या नया-ताजा?''

''नया कुछ नहीं। जबसे नेहा अरोरा आई है, रौनक बढ़ गई है गली की, शाम को आओ कभी।''

''आऊँगा।''

''हाँ, जब भी टाइम पास करने का मन करे, आ जाओ।''

मैं चलने से पहले जेब से पैसे निकाल कर पहलवान भाई की तरफ बढ़ाने लगा तो वो नाराज हो गए। खैर, फिर मैं भी मान गया और वहाँ से चलने लगा तो वो बोले-

''अब तो छुट्टी में आया करोगे?''

''हाँ, अब तो टाइम लगेगा। देखो कब आना होता है।''

''जब भी लखनऊ में होना तो चाय पीने जरूर आना।''

''हाँ, पक्का।''

''चलो गुड लक, गुड बाय और best of luck for future.'' पहलवान भाई ने हाथ मिलाने के लिए हाथ बढ़ाते हुए कहा।

मेरे दिमाग में पता नहीं कहाँ से सवाल आया मैंने पूछा-

''वैसे एक बात बताओ। ये आपने गुड मॉर्निंग वगैरह कहाँ से सीखा?''

"हम भी शुरू में दो-तीन बार बहुत रुपये जला चुके हैं इंग्लिश बोलने के चक्कर में, रूबी भाटिया पर।" ये बोलकर पहलवान भाई थोड़ा झेंपे भी फिर थोड़ा रुककर दुबारा बोले-

"इतना ही सीख पाए हैं। इतना ही सिखाया जाता है यार अँग्रेजी के नाम पर। और तब तो सारी classes रूबी मैम खुद ही लेती थीं। लेकिन अपने लड़के को बजाज मैम के पास भेजेंगे। इंग्लिश का टशन अलग ही है यार।"

मैंने पहलवान भाई के टपरी पर से चलने से पहले 'गुड बाय' कहा और अगली बार आने पर पक्का चाय पीने आने का वादा किया। Ruby Spoken English Class में वैसे ही क्लास चलती रही। हाँ! बस MBA के रिजल्ट के बाद से बच्चों की 2-3 कैटेगरी बना दी गई। वो जिनको आगे भी क्लास करने की जरूरत होती और एक-दो लोग ऐसे भी छाँट लिए जाते जो सबसे ज्यादा energy से 'गुड मॉर्निंग', 'गुड ईवनिंग' वगैरह बोलना सीख गए थे। इन छँटे हुए लोगों की और सभी अच्छी दिखने वाली सभी लड़कियों की फोटो खींचकर रख ली गईं जो कि अगले साल के पोस्टर में लगाने के काम आईं।

कुछ ऐसे होते जिनका MBA में कहीं भी नहीं हुआ होता। उनको ये समझाया जाता कि MBA करो या न करो इंग्लिश हर जगह जरूरी हो गई है। इसलिए ऐसे लोगों को हिम्मत नहीं छोड़नी चाहिए और उनको दूसरी एक्सट्रा क्लास के बारे में बताया जाता, जिसकी फीस थोड़ी ज्यादा होती।

अगली बार जब छुट्टी में लखनऊ गया तो पहलवान भाई की दुकान पर गया। मिलते ही उन्होंने गुड मॉर्निंग कहा और स्पेशल चाय फ्री में पिलाई। टपरी के सामने वाला पोस्टर बिलकुल वैसा ही था। बस स्मार्ट दिखने वाले लड़के-लड़कियों के चेहरे बदल गए थे। इसको देखकर अभी भी लोग लखनऊ में धड़ाधड़ 90 घंटे में फर्राटेदार इंग्लिश बोलना सीख रहे हैं या सीखने का सोच रहे हैं। इंग्लिश का टशन अलग ही होता है, ये लखनऊ शहर के बहुत से parents और अपने पहलवान भाई दोनों ही मानते हैं।